輸不起

13 GAME

YUKA HIDAKA
日高由香

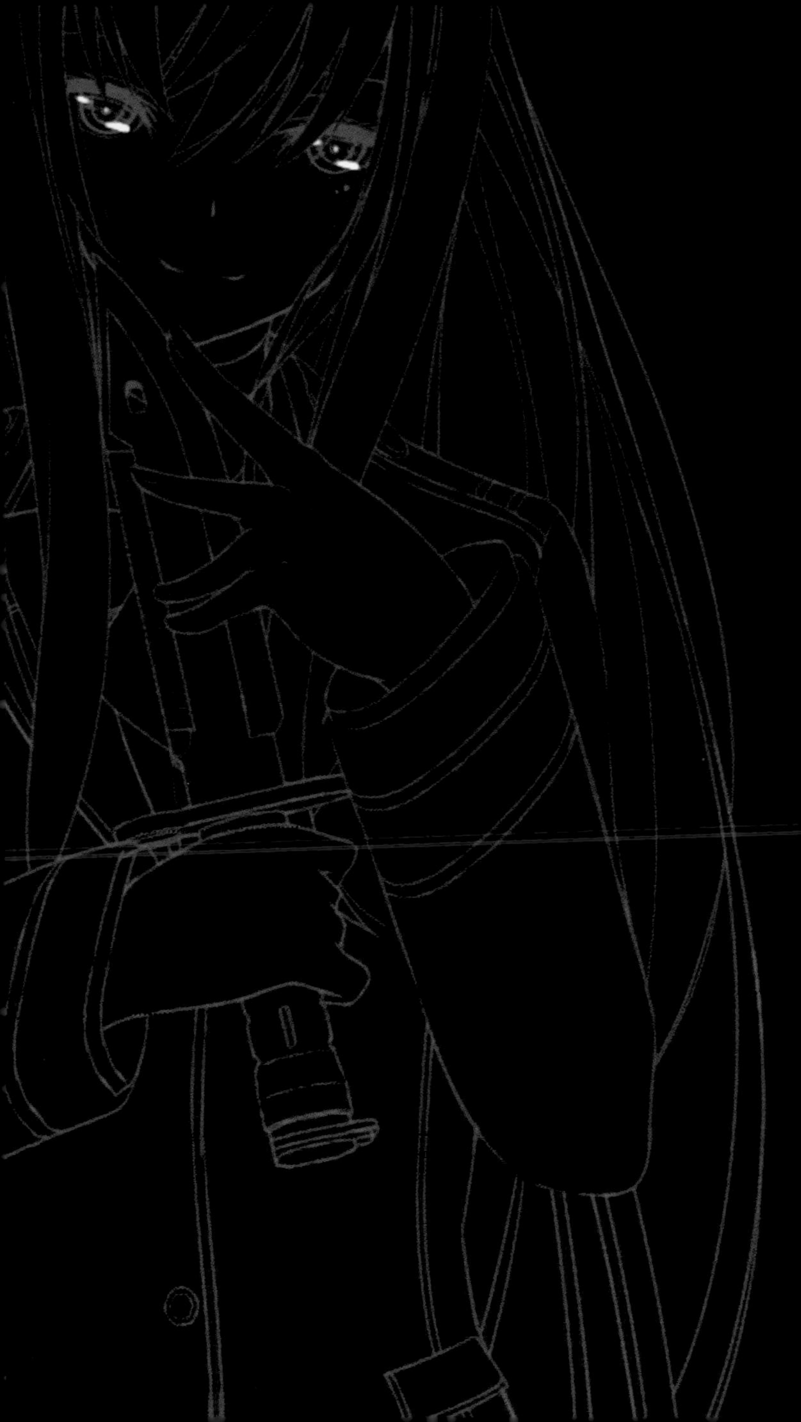

輸不起

13 GAME

YUKA HIDAKA

日高由香

野野村琴美「原來如此，所以才用那樣的作戰阿。」
鈴園翔子「如果要比腳程，我可是這裡面的第一名。」
北条夏美「姊姊、我好害怕……」
北条春香「求求你！……請選我妹妹！」
楓姬子「……我會創造奇蹟的。」
有馬惠一「我絕對會讓所有人生還。」

黑崎百合香
「殺人魔？
我才殺了一個人而已喔——」
鳴海五十鈴
「我早做好被殺的覺悟，
不管誰死可別怪我呢。」
雪村那由
「我絕對會幫上忙的，
拜託請選我！」
速水沙織
「為什麼你選了我呢？」
星野翼
「小翼只要
有草莓
蛋糕就好了！」
進藤紗希
「賭上性命卻只有少少的
一百萬太不合理了吧。」

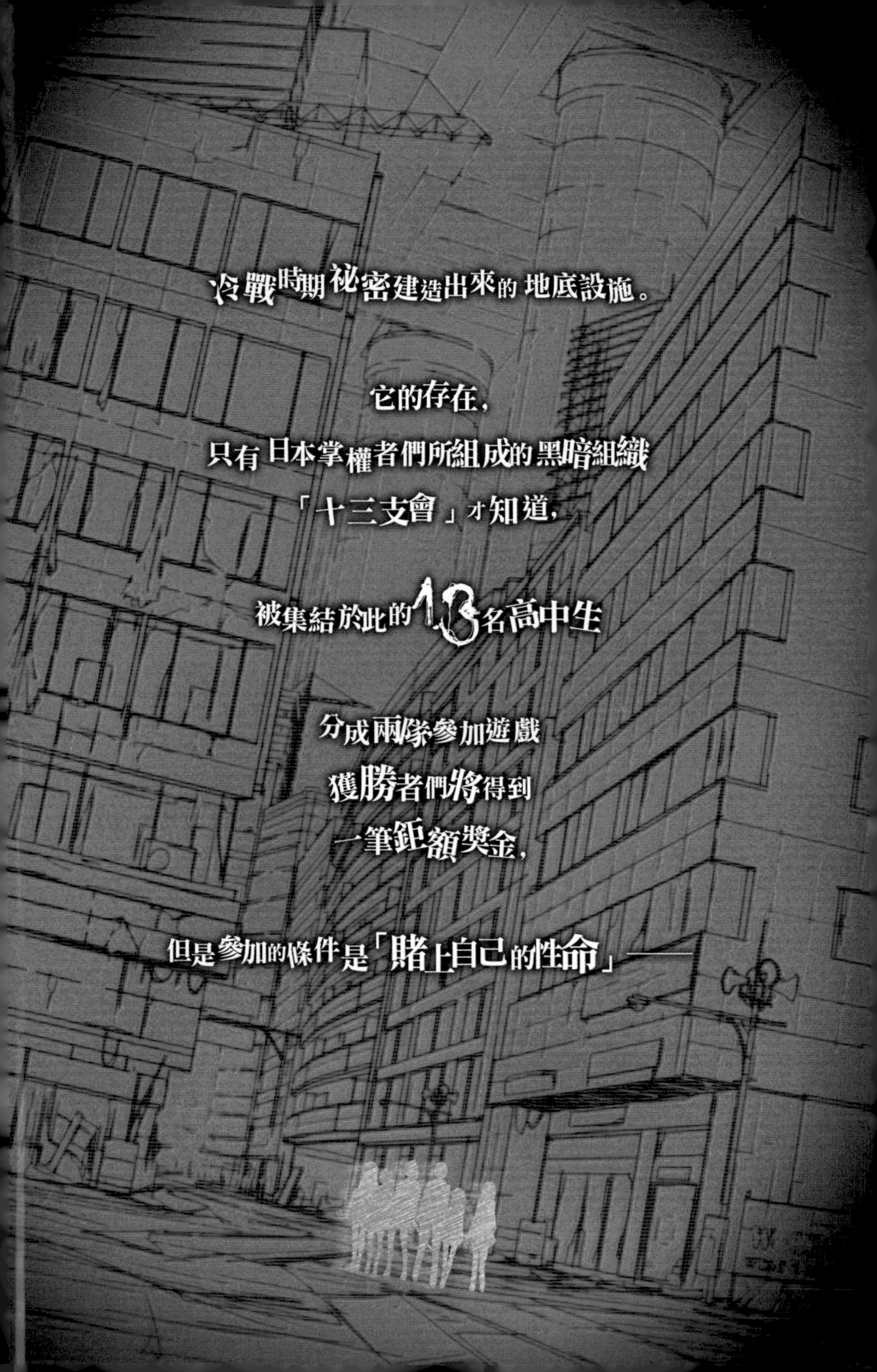
冷戰時期祕密建造出來的 地底設施。
它的存在，
只有日本掌權者們所組成的黑暗組織
「十三支會」才知道，
被集結於此的13名高中生
分成兩隊參加遊戲
獲勝者們將得到
一筆鉅額獎金，
但是參加的條件是「賭上自己的性命」——

序章

最初所意識到的，是壓在臉上的冰冷地板。他能感覺到乾燥的舌頭正抵著臉頰內側，發霉的臭味蔓延在鼻腔裡，透過半開的嘴唇散出。意識逐漸擴散讓他睜開了眼皮，映入眼前的是一面照射在白光下毫無生氣的水泥牆。

他按著頭站了起來，環顧四周。

這是個大約有二十塊榻榻米般大的房間。深灰色的牆上沒有窗戶，左邊角落有個類似自動提款機的機器。反方向望去則是疊放著一張白色墊子跟橘色毛毯。

「既然有墊子，讓我躺在上面不就好了。」

他邊嘟囔邊走向金屬大門，伸手握住鈍暗的把手試圖施力轉動，但門似乎被上了鎖完全打不開，他只好放棄，走向右邊角落的另一扇門。

這一次倒輕鬆地就打開了。

裡頭有個附有大面鏡子的洗手檯，旁邊還緊鄰著蹲式馬桶跟清洗得十分乾淨的浴缸。

他轉開洗手檯的水龍頭，大量的水流開始湧出，看來是不用擔心水的問題。

接著他挽水洗了把臉，順勢含了一口，便任由冰冷的液體由喉頭流入胃裡。

他拿起架上的毛巾擦臉，鏡子裡隨即倒映出一名穿著白色襯衫、身材纖細的少年。

不知是否緊張的關係，那面容一臉蒼白。

「發亮的，就只剩這個了嗎……」

少年摸著脖上散發黃光的金屬項圈，深深地嘆了口氣。冰冷的觸感讓脖子的壓迫感越趨增大。即使用兩指嘗試左右扯開項圈卻仍不為所動。

少年走回原本的房間，發現鄰接牆面的機器正散發微弱的光芒。

他走上前朝機器的螢幕探頭一看，上頭映出一群年約十七、八歲的少女被關在一間圓形白色房間裡。少女們一身綠色格子制服，胸前配戴著顯眼的深紅色領結，除此之外引人注目的是她們脖子上的銀色項圈。

形狀看起來和少年戴的款式一樣，只是顏色不同。

有些少女帶著不安的表情東張西望，也有些一直低著頭安靜地坐在地上。

也許是鏡頭在移動的關係，少年彷彿有種由上而下俯視著她們轉動視線的錯覺。

突然之間，伴著一聲電子音，螢幕瞬間變成黑屏。

幾秒後，畫面中央隨即出現一隻類似貓玩偶角色的身影。

螢幕裡的ＣＧ（computer graphics）貓咪轉動著他那巨大的眼睛，率先了開口。

『哎呀~看來你終於醒來了呢。有馬惠一。』

一股高亢尖銳的聲音在水泥房間內響起。

「……嗯，對戰的敵手也已經醒了？」

『三十分鐘前就醒了喔，就在等你醒來。』

「……真是抱歉。」

『哎呀呀～不用太在意啦。藥效都是因人而異，而且這點時間還算是在預估範圍內啦～』貓玩偶一邊左右揮動著他那彷彿戴著白手套般的右手，一邊用力地眨眼，額頭上還同時蹦出黃色星號的圖案。

對於這樣完成度高水準的ＣＧ，惠一不禁苦笑出來。

『怎麼了嗎？怎麼那種怪表情？』

「沒有，只是覺得你這貓的ＣＧ做得可真好。」

『不是ＣＧ、我希望你能叫我遊戲大師。』

「你不能告訴我真名嗎？」

『什麼真名？』

「就是幫這ＣＧ配音的你的名字啊。」

『你在說什麼啊？我就是住在這裝置末端裡的遊戲大師啊。』

「是……這樣啊。」

『是說惠一現在的身體狀態感覺如何呢？雖然你在飯店喝的是安全藥品，但醒來後多少還是會感到一點頭痛喔。』

話才剛說完，遊戲大師便揚起一聲猶如動漫角色才有的尖銳笑聲。

「沒事，只是有點隱隱作痛，還不到無法忍受的程度。」

『那就好。畢竟這個地點不能讓參賽者知道，所以必要移動的時候就只能讓你們睡著了。』

「我知道。被你們軟禁在飯店時我就已經聽說了。」

『哈哈~你是個有理解力的參加者真是幫了我一個大忙。那麼我們就馬上開始進行13遊戲吧！』

遊戲大師的聲音令人身體不覺一顫。

——真的開始了嗎？

四周的水泥牆有股向內的壓迫感，彷彿自己的身體要被擠爛了。

——已經無法停止了……無法……

第一章

Days passing away

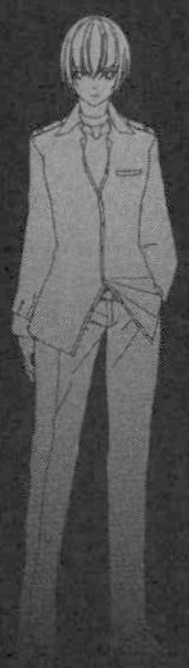

那一天，埼玉縣的警察打了通電話到惠一家中。

原來是出去採買的母親——志乃遇上了交通事故。

惠一立即和父親浩一郎聯絡，但浩一郎的手機卻怎麼打都聯繫不上。惠一想著就算只有自己去也好，於是便招了計程車迅速地趕往醫院。

到了手術室門口，惠一從皺著眉頭的護士那得知了志乃的情況。據說志乃是連同腳踏車一起被大卡車的後輪捲入，導致內臟破裂重傷。

面對毫無動靜的手術室大門，惠一只能持續忍耐著彷彿無限漫長的時間。

不知過了多久，厚重的手術室大門才終於打開，但當他看見眼前筋疲力盡的白衣男子無奈搖頭的時候，他就知道自己的母親已經不在這世上了。

等到浩一郎趕到了醫院，志乃的遺體早已被移往太平間。面對惠一的怒吼，浩一郎解釋自己是因為跟客戶洽談才會聯絡不上。就在兩人爭吵不休之間，一名年約四十的男人面帶平穩的微笑介入其中，並遞上一張白色的名片。

上頭寫著葬儀社公司。

志乃的喪禮過後一個月，浩一郎便將一名二十多歲的女人帶回家中。

那女人理所當然地入住浩一郎的寢室裡，還開始管起惠一的生活。

惡毒紅脣吐出的字句每每都是針對惠一的批判。

浩一郎與那女人逐漸習慣同居生活後，惠一在家中可說是完全被孤立。這樣的情況也影響了惠一在學校的生活。平常就是個安靜不起眼的學生變得更加沉默寡言，身邊僅有的少數朋友也離他而去。

某日深夜，惠一正要下樓喝水卻聽見佛堂傳來聲音。他看見微敞的拉門裡閃過一襲紅色連身裙，於是便偷偷地靠近窺看，沒想到眼前出現的是女人交纏在浩一郎身上的場景，還不時地露出竊笑聲。

「……所以，你什麼時候才要娶我？」

「我不是說要妳等我一年嗎？眼下又是在社長的跟前。」

「那我們結婚的時候你也會找社長來吧？」

「再婚可能比較困難，不過我還是會問問看。」

「約好嘍，如果我的婚禮沒有辦得比你之前更好的話，我可不要喔。」

女人任性般的嬌嗔伴著衣服摩擦的聲音，一一傳入惠一的耳裡。

「喏……就在這……」

「這裡不行啦。」

「哎呀，你不會現在才想到要對那死去的女人留情面吧？現在覺得在她牌位前無法抱我了是嗎？」

「話也不是這麼說……」

「哼～算了。畢竟車禍的時候你都一直在飯店跟我纏綿嘛～」

「可以不要再講了吧。」

「牌位又聽不到，唉~真是可悲啊。」

惠一嘴脣發顫，離開了佛堂。回到房間後握緊拳頭就往桌面用力一搥，麻痺的疼痛感布滿整隻手腕。

——父親背叛了母親。而且在母親遇上意外的時候，父親正跟那女的在一起。房間的牆壁猶如膨脹般壓迫至惠一眼前，湧出的眼淚隨即模糊了形體。

惠一的腦海裡，浮現出帶著微笑遞上便當的母親。那猶如春天日照般的柔和，使人心裡感到溫暖的笑顏，不僅僅只對惠一綻放，他的父親也擁有同等的對待。

——然而對於這樣的母親，父親卻……

他無法原諒浩一郎背叛母親的一切行為。也無法原諒自己竟是被這種人撫養長大。

惠一將所有衣服統統塞進畢業旅行用的波士頓背包裡，並從抽屜拿出自己的存摺跟印章放進帽T外套的內袋。

趁著外頭的天還沒亮，惠一偷偷地打開玄關的大門。庭院的草木上都還沾著露水，更別說冬日的寒氣刺臉。他回過頭望著自己住了十七年的家，靜靜地佇立在薄霧之中。惠一將眼前的光景用力烙印在眼底，因為他曉得這樣的景色也許再也不會看到。

最初離家的兩天，惠一都泡在附近的遊樂中心跟網咖裡，但是他稚氣的臉龐跟瘦弱的身軀很難不引起周遭注意。即使現下家裡似乎還沒通報警察，屆時也只是時間早晚的問題。浩一郎打很多通電話給惠一，不過統統被他無視掉。

考慮到家裡可能會跟警方聯絡，惠一便決定離開家鄉，前往東京。

在人口眾多擁擠的都市裡，惠一也被一同納入市景之中，混在一群年輕人身邊讓他不用顧慮旁人視線，得到久違的自由。

白天他在公園或是速食店打發時間，晚上則是在池袋的網咖裡補眠。

時間的流逝感與在家時不同，讓惠一有股莫名的焦躁。

明明也沒有被學校的行事曆跟讀書考試追著跑，時間的流動卻如同快轉一般。也因為一直睡在狹窄網咖的關係，就算睡足了八個小時身體還是疲憊不堪。這讓惠一瞭解到他至今為止的生活是多麼的備受呵護。

但儘管如此，他也不想再回到背叛母親的浩一郎身邊，那人早已不是他父親。

從惠一離家到現在已經過了十天。

身心已經開始習慣了新的生活，取而代之令人擔心的是日益減少的錢。即使一天兩餐僅靠便宜的漢堡來節約果腹，但深夜的網咖費用卻比預估的金額還要高出許多，如果打算野宿也已經進入了嚴寒的季節，加上考量到身體方面的話，在溫暖的地方補眠與吃飯便是同等重要了。惠一待在網咖的個人房裡，從波士頓包裡拿出存摺確認最後印上的數字。十六萬對於未成年的惠一來說算是筆很大的數目，但想到自己以後將要一個人生活不免開始擔心了起來。如果再繼續這樣子下去，幾個月以後就會花光不剩了吧。在存摺的數字變成零以前先找到工作，成為了惠一首要目標。

為了活下去，以及為了從父親浩一郎的身邊離開，得到完全的自由。

一開始惠一先從網路的求職情報下手，找了一些無經驗也可的長期打工，但是因為自己未成年也居無定所的關係，沒有任何一個雇主願意雇用。只有偶爾登錄的人力派遣公司會有限定一日的打工機會，但時間不固定，一週若有一次聯絡就已經算是好的了。每每搬運沉重的貨物，還邊忍受穿著髒兮兮工作服的中年男子怒罵，工作時間長達八小時以上，結束後拿到七千元的薪資回到網咖個室再睡成一灘爛泥。隔天早上起床身體酸痛到近乎悲鳴的狀態，卻還是一心連忙起來確認錢包裡新放入的錢是否完好。不知不覺惠一變得滿腦子都只想著錢的事情。

夜晚街頭開始出現聖誕燈飾的時節，惠一染上了嚴重的感冒。

高燒到三十九度，咳嗽也止不住。他忍受著宛如燒灼喉嚨的疼痛，在網咖裡度過了四天，身上包著重重毛毯喝著市售的感冒藥等待它自然痊癒。朦朧意識中，他發現自己竟然還在擔心計算著多出三十分鐘的追加費用，不禁悶聲哭了出來。

生病後的第五天早晨，惠一拖著搖晃不穩的步伐離開了網咖。

五天份的網咖費用、感冒藥、營養飲料。這些預料之外的花費讓惠一的錢包只剩下零錢。他去銀行將剩下所有的錢全領出來，然後走去了家庭餐廳。

早上的家庭餐廳幾乎沒什麼客人。惠一坐在二樓的窗戶旁，將他點的蛤蜊濃湯一飲而盡。乾癟的胃得到了飽足感後，緊接著睡意又向惠一襲來。

他好想在溫暖的棉被裡睡覺。可以任意地伸展手腳，又不用在意時間盡量的睡。

惠一忍住睏意注視著窗外，發現對面有個小小的不動產仲介公司。偌大的玻璃窗上貼滿了Ａ４大的紙。

——應該是公寓的出租廣告吧。

這讓他想起了自己的房間。雖然僅是四疊半的小房間，但他想念的是收在壁櫥裡那柔軟的棉被。天氣好的時候，母親志乃總會將它掛在走廊上晒得暖呼呼的。

如果能把身體捲在那個棉被裡，什麼都不想地睡著是何等幸福的事啊。

過了十一點後，餐廳裡開始聚集了其他客人。惠一在客滿前先結帳走到門外，門口正前方剛好可以看到不動產公司的招牌。就在他發呆盯著玻璃上的廣告時，旁邊的門走出一名肥胖的中年女子，她瞇起眼角便朝惠一的肩膀輕拍了一下。

「你是學生嗎？」

惠一曖昧地點頭後，她塗著口紅的唇形瞬時轉成笑臉。

「如果是在找公寓，想必已經得到附近公司的內定了吧？是的話就交給我們找吧，現在剛好有很多便宜又良好的公寓要出租喔。」

「便宜的公寓……」

「是啊，附有衛浴的也只要五萬元起喔！不過代價就是會離車站遠了點啦。」

「五萬元就可以租一間公寓了？」

「一開始還是要花些押金跟禮金（註1）。之後每個月只要付四萬七千的房租跟管理費三千共計五萬元整，再來只要有保證人就好了。」

「保證人……嗎？」

「雖然說是保證人但也只是形式上的啦。你父親如果有在工作的話，那就沒問題了。」

「一定要保證人？」

「嗯？也不是說一定啦。如果沒有保證人的話就需要通過保證公司（註2）的審查。只是新進員工可能無法通過喔，最近不景氣的關係，審查也變得嚴格了呢。」

「這樣啊……」

「總之就是需要親屬保證人或跟保證公司簽約這兩種。不過除此之外還有另外

註1　禮金：在日本租屋時為了表達感謝屋主將房子出租之意，一般於簽約時繳交，退房時也不會收回。

註2　保證公司：類似租房保證人，在入住申請時的審查也是需要透過保證公司來進行。

一個方法，但對學生來說是不太可能就是了。」

「是什麼方法呢？」

「如果你有一百萬元以上，就可以直接跟房東談啦。」她豪邁大笑道。

「最主要是要證明你能支付一陣子租金就好。只要提出擁有百萬餘額的存摺影本，大多數自己租賃的房東都會ＯＫ的，就算沒工作也是哦。」

「沒有工作嗎……」

肥胖的中年女子本來還想招惠一進店裡聊聊，但他隨即向對方點頭並告辭離去。

現在的惠一既不能拜託父親當保證人，也沒有可以通過保證公司審查的工作證明，就算可以支付兩個月房租，他還是租不成。想到一個月耗在在網咖的錢都可以拿來租房了，惠一不禁感到有夠愚蠢。

儘管如此，住不了公寓也還是只能利用網咖。

——至少忍到春天就可以睡在外面，這樣就能存些錢下來了吧。

惠一拿出手機連上網路。即便身體還是不太舒服，卻不得不趕緊找工作賺錢，既然誰都無法依靠，為了生存就只有靠自己行動了。

一進入過年時節，連帶工作機會也開始銳減。

本來以為只有元旦那天，沒想到十天過去，人力派遣公司方面卻完全沒有任何的工作通知。

錢包裡的錢每減少一次，惠一就感到焦躁不安。

進入二月後，惠一的存款已經花了四萬。一天一餐加上網咖的錢，還有改成從帳戶扣款的電話費通通都要支付。人力派遣公司會打來通知新工作，所以電話費又不能不繳，不然到時連工作也無法找。

每週一次，等待著不知有無的工作上門已經變成了惠一必做的事。沒工作的時候就到溫暖的地方待著盡量不消耗體力，晚上就到網咖喝免費提供的洋蔥湯來墊胃。

二月十一日午後，惠一坐在公園的椅子上用手機找工作時發現了一個地下求職網站。淡紅色的背景上頭用著鮮紅的字體寫著『貓咪人力中心』。下半部則是一個擬人化的貓咪圖案不停地在眨眼。如此精緻的網站跟惠一目前為止所看到的地下網站不同，沒有那般陰沉感。畫面移到下方則可以看到『短期內想賺大錢的人』『日薪三萬元以上』『全額日支』等用圓黑字體所寫的文字並列在一起。最下面還有個信箱小圖案。點那就可以寄信給站主了吧。

惠一猶豫了一下，最後還是決定寄信試試。他從來沒有利用過這類網站，但在走投無路的情況下他也不管了。手上的錢如果變成了零就連網咖也住不起，飯也沒得吃，至今從未想過有天會死的危機感逐漸往自己逼近。

——如果死的話會變成怎麼樣？肉體毀滅了靈魂還會留著嗎？死後的世界能遇

到母親嗎？就在惠一還在腦中思考著沒有答案的問題時，手機的郵件鈴聲響起，剛才聯絡的貓咪人力中心回信了。

一走出狹窄的電梯，迎面就看見正前方的門板寫著貓咪人力中心。門的上半部是毛玻璃，但可以看得出裡頭有燈光。

惠一轉開金屬手把，一股寒氣由手掌竄起。

——這間公司開在這樣髒亂的大樓裡，真的會介紹給我正常的工作嗎？

本想就此抽身的惠一，右手卻遲遲離不開門把。說到底就算現在轉身離開，也沒有自己的容身之處，於是他決心放手一搏。

打開門後，惠一瞧見一名三十歲左右的肥胖男子坐在正前方的椅子上，他舉手向惠一打了聲招呼，但左手還拿著話筒，似乎還在講電話。他舉起右手招呼惠一先坐在沙發上。

惠一簡單的行禮便朝有些褪色的沙發坐下。眼前的玻璃方桌擺著一個黑色菸灰缸，裡頭堆積著許多菸蒂。惠一邊忍受著煙味帶來的窒息感，一邊靜靜地等待男子講完電話。

男子身著黑色風衣內套白色襯衫，花俏的藍領帶垂在隆起的腹部。光看他飽滿的面容跟一身西洋梨般的身形，體重足足超過了一百公斤吧。電話裡的人物不知是否是上頭的人，男子數度附和對方還故意發出笑聲似的。待電話終於結束後，男子笑咪咪地走到惠一跟前坐下。

「你是剛才寄信聯絡的有馬惠一吧？」

惠一一點頭，男子便眯起眼睛露出一口潔白牙齒。

「那麼，你是需要多少錢呢？」

「嗯？多少錢是指什麼意思？」

「想要工作不就是為了要賺錢？總之先告訴我你期望是多少？日薪兩萬或三萬之類的。」

「這裡有那麼高薪的工作嗎？」

「算是嘍，只是相對的工作內容可能有些違法就是了。」

話一說完，男子隨即凝視起惠一的臉。

「雖然感覺有點陰沉還有些瘦，但長相倒不錯，氛圍也有點像女生。」

「我是男生喔。那個……」

「啊、是要問我的名字嗎？我是貓咪人力中心的主任，我叫做蒼野。雖然說是主任，但其實一個員工也沒有啦。」

蒼野一臉親切地拉過惠一的手，緊緊地握著。面對這樣的動作與笑容，儘管惠一有些困惑但警戒心也因此消除不少。蒼野給人的印象，好像不管怎樣的問題都會老實回答。

「有些違法是指怎樣的工作？」

「如果是以你能做的工作來看，最簡單的應該就是與人約會了吧。只要跟有錢的女人約會一晚就可以領到三萬元以上。我想你的長相一個月賺三十萬以上不是問題啦。」

「男生也有這種工作啊……」

「是啊。順便說一下你也可以選擇跟男生約會，只要你有那方面的興趣，賺的可更多呢！」

「呃……不用了。就算對方是女的我也覺得不太好。」

看著惠一漲紅了臉左右搖頭，蒼野只好嘆口氣表示可惜。

「真是浪費啊，這種純情的反應一定也會受歡迎的說。」

「沒有正常的工作嗎？貨運或夜班警衛之類的。」

「也不是沒有啦。但是就沒有辦法馬上介紹工作給你。因為現在不景氣，這類工作也少了，就算能幫你介紹，頂多也只能一週一兩次這樣。」

「原來是……這樣啊。」

惠一望著地板，深深地嘆了氣，感覺身上僅存的力氣也絲毫不留的一同傾瀉而出。

但蒼野並沒有將視線離開惠一，仍歪著頭直盯他。

「你不喜歡年紀大的女性嗎？雖然說她們是用錢買男人，但滿多都是漂亮的婦人喔。」

「問題不是那樣。如果叫我做那種事來賺錢的話倒不如……」
「死了還比較好嗎？」
蒼野像是接著惠一的話回答。
「不管是用什麼樣的方法賺錢，錢就是錢啊。拚死搬貨賺來的一萬元跟與人約會賺來的一萬元，你能夠分辨得出嗎？」
「……沒有辦法。」
「那選擇輕鬆賺錢不就好了。再說，像你這樣的年輕小夥子找上門來，應該也是到了極限了吧？」
「就算是，我也不想那樣做。」
「寧死不屈的類型嗎？」
蒼野交疊起肥胖的雙手皺起眉頭。對話停止的房間內，只剩蒼野一人在唸唸有詞。
幾分鐘過後，一直緊閉雙脣的蒼野緩緩開了口。
「有馬惠一，你有勇氣賭上自己的性命嗎？」
「嗯？什麼意思？」
「就是字面上的意思啊。問你有沒有興趣賭上自己的性命來參加一個高額獎金的遊戲。」
「遊戲……」

「是啊。順利的話，花幾天就能賺進一億元以上的巨款哦。風險雖然大了點，但只要你的隊伍贏了，一時之間你都可以不用擔心錢的事了。」
「你說一億？……還有你說的隊伍又是什麼？」
「這個遊戲是打團體戰，贏的隊伍就能得到獎金，然後隊伍的首領規定是要男的。」
「你說首領必須是男生，那就是還有女生？」
「當然，女生也參加啊。倒不如說女生還比較多才對。」
蒼野勾起嘴角笑道。意有所指的曖昧笑聲不停地傳進惠一的腦裡，為了蓋住那聲音，惠一又繼續問。
「既然是賭上性命的遊戲，就是說可能會死嘍？」
「是的。」
「……你回答得真是理所當然。」
「因為禁止說謊啊。不管是向參賽者說謊教唆他們參加、還是強迫他們參加都是被禁止的喔。」
「這是誰定的規則？」
「管理這遊戲的組織啊。當然，這也是保密的喔。」
蒼野舉起左手食指抵著鼻頭還噘起嘴來。他那彷彿在演戲一般的動作，讓惠一不禁懷疑起自己是否正被耍著玩。

「這不是在跟我開玩笑對吧？」
「為什麼你會這樣覺得？」
「因為這樣到底有什麼意義呢？拿出一億元來當獎金，然後舉辦可能會出人命的遊戲，這不就跟把錢丟掉一樣嗎？」
「丟掉嗎？如果是十三支會的那幫人，倒是真的錢多到可以丟掉的地步了。」
「十三支會？」
「是啊，管理這遊戲組織的名字。說不定還管理整個日本呢。」
蒼野從口袋裡拿出巧克力棒咬了一口，大約二十公分長的焦褐色處一下就被吃掉。他將最後一口丟進嘴裡，然後像牛一樣陶醉地舔拭沾在手上的巧克力。
「管理全日本的組織竟然在舉辦這種遊戲不是很怪嗎？應該還有其他更重要的事做才對啊……」
「就是為了娛樂啊。就為了那十三個人消磨時間的終極娛樂啊！」
「蒼野先生也是其中一員？」
「這可不敢當。我只是下層之中的下下層。因為身兼人力派遣公司的主任才被任命召集參加者參與遊戲。但實際要賭上性命，所以人數聚集的不多，加上參加條件又只能要求未成年。」
「不是未成年就不行嗎？」
「是啊。據說是未成年死了才有趣嘛……」

蒼野說的話語讓惠一全身打了寒顫。

「還真的有人打算舉辦這種遊戲嗎……」

「不是打算舉辦，是已經舉辦過幾次了喔！這次預定應該是第七次。」

「明明是會有人死掉的遊戲，難道警察都不管嗎？而且參加者們也有他們的家人吧？」

「警察不可能管的。因為十三個人之中，有一個就是原警政署的政要大官啊。」

「既然是警界的相關人士，還參與舉辦這遊戲？」

「對啊。其他還有政治家、黑道老大、大企業董事，還有媒體相關之類的。不過也正是各領域的優秀精英，才能舉辦這種遊戲吧！」

「令人無法置信，竟然有那樣的事。」

「就算你不相信，事實就是事實啊。說到這，你有沒有意願要參加啊？如果今後打算一人生活，在這先賺一筆大錢也不錯啊。」

「是要賭上性命？」

「哈哈哈～你現在不早就已經是在賭命的狀態了。這樣下去，等到你沒錢以後不是餓死就是凍死，那這跟玩遊戲死又有什麼差別呢？」

「雖然這麼說……」

惠一一陷入沉默，蒼野便趁勝追擊地越過玻璃方桌，將臉又更湊近了惠一一些。

「老實說像你這類型的如果參加比賽，倒是幫了其他參賽者一個大忙。」

「幫了一個大忙是什麼意思？」

「這個遊戲最初是要召集兩個男的跟十一個女的合計十三人。但實際參加遊戲的只有十二人。由這十二個人在指定的場所中分成兩隊來戰鬥。不過啊，如果兩隊的首領是偏向和平主義類型的話，就比較不會引發彼此間的戰鬥嘍。」

「不引發彼此戰鬥？」

「嗯。所以如果運氣好的話，在參與遊戲的這十二個人都沒有死亡的情況下，也能夠獲得獎金喔！只是能拿到的也只是一人一百萬的程度。」

「呃？等等！這樣十三支的人不就覺得一點都不有趣了嗎？他們就是覺得要死人才會有意思的一群人不是嗎？」

「不是所有十三支會的人都這樣覺得喔。也是有希望遊戲能有其他發展的人啊。」

「其他發展？」

「嗯。十三支會裡面有兩位女性，其中一位年紀比較大的，比起雙方互相殘殺更期待全員同心協力和平地完成遊戲。雖然話這麼說，對方也不是真的善心人士，不然就不會跟這遊戲扯上了關係嘛。感覺就像是單純喜歡感人電影的有錢婆婆那樣。」

蒼野從沙發上站起來，打開抽屜拿出一本文件夾，邊用肥碩的手指搔著他那染成褐色的頭髮，又一邊重新調整姿勢，接著才裝模作樣地打開文件。

「這遊戲的流程呢，就從領頭的男性開始選五個女性出來，當然對方也是同樣選五個同伴，選完後就開始進入備戰模式。如果頭頭死的話那一隊就輸了，贏的隊伍就能得到一億三千萬元的獎金。很簡單的遊戲規則對吧？就是將敵方隊伍的首領殺了就贏了！」

「你說殺了就贏……那又要怎樣才能在不死人的情況有其他選擇呢？」

「我無法詳細告訴你。但的確是有不殺掉敵隊也能讓兩方隊伍獲勝的方法。只是這麼一來獎金就會減少到只剩十分之一喔。」

「讓兩方隊伍都勝利嗎……」

「那我問你，如果你參加了這遊戲，你會選擇怎麼做呢？」

「你問我選擇……怎麼做嗎？」

對啊。選擇跟同伴一起殺掉對方的首領，領取一億三千萬元的獎金？六個人均分還能拿到兩千萬以上欸。」

「不，為了錢而去殺人我做不到！」

聽到惠一斬釘截鐵的回答，蒼野瞇起了眼睛大力地點頭又說。

「就是嘛。如果是正常的人都會這麼想的，更何況不殺人也可以得到近百萬的獎金啊。」

「一百萬元……」

這對惠一來說，是份足以解救自己逃離現在慘況的鉅款。

——如果我有一百萬，就可以在東京租間房子了。

腦海中忽然湧現先前那位不動產仲介公司的中年女子所說的話。如果有了居住地，工作也會比較好找；就算沒有，有了這筆錢也足夠過上好一段日子了吧。

惠一吞了一口口水。

「那麼，決定怎樣了？有打算參加比賽嗎？順帶一提，這可不是隨時隨地都可以參加的喔。會跟你說這些，也是剛好因為少一名男性的關係。」

「真的不殺戮也能拿到一百萬元的獎金嗎？」

「是啊，實際上前前次的遊戲，雙方隊伍都活了下來，賞金也平均分配掉嘍。」

「……這個遊戲何時舉辦？」

惠一提出的問題讓蒼野的嘴唇彎成一條新月。

「現下只要再召集兩名女生參加就可以了。大概三日以內吧。到時就必須讓你先入住指定的飯店裡，當然電話或智慧型手機都要先交給我們保管。」

「為了不讓警察找到嗎？」

「算是。不過我也不會被抓就是了。畢竟現在也只是在閒聊嘛，等到遊戲開始了，參加者也算是關係者了。」

「有可能會死對吧？」

「的確是有可能，不過是取決於你的行動嘍。」

「我沒有想要戰鬥的意圖。」

「那就好啦。你只要和平地將遊戲結束然後取得百萬獎金就好。雖然說遊戲的規則是十三支會定的，但是遊戲的展開是你們來決定的。」

「……我知道了，我要參加比賽。」

惠一將腿上的拳頭握緊。

「了解！那我就準備辦理接下來的手續嘍。」

蒼野揚起一臉滿足的笑容並取出手機撥起電話，渾厚的嗓音響徹房間。

「……是是。在關西又找到一個女生了嗎？那剩下的我這邊也找找看吧。是的……剩下就只有協調方面也麻煩了。好好、我說我知道……」

電話一結束，蒼野便從抽屜拿出了一把車鑰匙。

「那麼我們就先去飯店吧。吃飯的話你可以使用房間的客房服務，隨便你點不用太在意，當然錢也是由我們來支付。」

「除了這個，我還想知道更多關於遊戲的事。」

「只要是我能說的，都會在車上告訴你。但是為了不影響參加者的利害關係，有些事我就無法說了，希望這點你能理解一下嘍。」

「沒問題，只要是你能說的範圍告訴我就好。我想要先知道一點關於遊戲的事。」

「認真也是件好事呢。好～你要問什麼都可以，只要是我能回答的全部都告訴你。」

「那現在可以先告訴我一件事嗎？」

「嗯？什麼事？」

「告訴我這個遊戲的名字。」

彷彿在計算著適當時機，蒼野沉默了幾秒後徐徐地開了口。

「決定你命運的遊戲名稱就叫做——『13遊戲』。」

第二章

The game of the death

嗶的一聲，螢幕上的貓玩偶隨即消失，接著上頭印有十一名少女的照片，類似撲克牌的影像浮出。

照片下標著一號到十一號的數字及名字。看起來是那些少女們的名字。

就在惠一確認名字的同時，藏在螢幕下方的喇叭傳來遊戲大師高亢的聲音。

『那麼，現在第七屆的13遊戲準備開始。基本的規則很簡單。身為國王的兩位男性要從這十一個女士兵裡挑出五位來組隊。接著你們兩隊將會在閉鎖的區域裡戰鬥。只要殺掉敵方的國王，遊戲就結束，並同時獲取獎金。獎金為一億三千萬，會平均分配給勝利隊伍的倖存者。很簡單吧？不過還有其他細部規定，如果有不瞭解的地方希望你們可以直接問我。點取畫面上的貓就好……好、看起來兩方的國王都沒什麼問題，那我們就先照著程序從選取士兵開始嘍。請雙方從畫面選擇你們最想要的士兵。至於要選誰就依照國王的喜好決定。只要點選照片下方就會出現簡單的情報資料，不過時間限制為十分鐘，若是超過了時間就會以亂數的方式幫你們選擇，所以這部分請多加注意。』

遊戲大師的聲音一結束，螢幕的右上方隨即出現計時器的小圖。上頭正顯示九分五十七秒並持續在減少。

——總之先快點選個人吧。

惠一用手指點了左上角的少女照片，畫面瞬間切換成情報檔案，名字星野翼，旁邊橫式書寫著「三月八日生十六歲O型」，下行則是身高、體重以及三圍。

「為什麼連三圍也……」

惠一漲紅了臉小聲的碎唸，卻見喇叭傳來遊戲大師的聲音。

『也有國王認為三圍很重要的喔，惠一。』

「隊伍間的戰鬥跟三圍一點關係也沒有吧？」

『哎呀哎呀～我記得我應該是有說明過金色的項圈跟銀色項圈的差異吧？』

「嗯，你是說國王戴的金色項圈是會連動影響著士兵所戴的銀色項圈對吧？」

惠一用手摸起自己脖上的金色項圈。

『沒錯沒錯，項圈裡有加載測量脈搏的裝置，當國王的脈搏一停止，那麼就會連帶啟動銀色項圈裡的殉死模式。也就是國王一死，士兵也會跟著一起死。因此士兵們就必須誓死保護國王，包含聽從國王的命令，即便它是多麼的不可理喻也只能絕對服從呢。』

喇叭傳來遊戲大師的下流笑聲。看起來他是切換了麥克風只跟惠一說話。

『這麼一來，士兵又是女的條件下，三圍就成了一項重要情報。這樣才能選出自己喜好的女性啊。』

「喜好的女性……嗎？」

『對～對～而且惠一也真幸運。這次參加的女生們似乎都特別的可愛呢！順帶一提，我喜歡的大概是進藤紗希這款。身高一百六體重四十九，三圍從上到下分別是八十四、五十八、八十五。身材不錯，臉蛋更是我的菜。那挑釁的眼神加上柔軟

Soldier 01 星野翼
Tsubasa Hoshino

Birthday: 3月8日
Age: 16歲
Bloodtype: O型
Height: 147cm
Weight: 40kg
Messurements:
B72 W55 H75
Abitity: ………

Soldier Profile
士兵資料

Soldier 03 北条夏美
Natsumi Hojo

Birthday: 9月24日
Age: 17歲
Bloodtype: A型
Height: 162cm
Weight: 50kg
Messurements:
B84 W63 H87
Abitity: 文藝社

Soldier 02 北条春香
Haruka Hojo

Birthday: 9月24日
Age: 17歲
Bloodtype: A型
Height: 163cm
Weight: 49kg
Messurements:
B83 W62 H86
Abitity: 排球社

Soldier 05 鳴海五十鈴
Isuzu Narumi

Birthday: 7月24日
Age: 17歲
Bloodtype: B型
Height: 155cm
Weight: 44kg
Messurements:
B78 W58 H81
Abitity: 將棋社

Soldier 04 楓姫子
Himeko kaede

Birthday: 8月7日
Age: 17歲
Bloodtype: O型
Height: 168cm
Weight: 56kg
Messurements:
B82 W64 H88
Abitity: 劍道社

Soldier 06 進藤紗希
Saki Shindo

Birthday: 10月13日
Age: 16歲
Bloodtype: B型
Height: 161cm
Weight: 49kg
Messurements:
B84 W58 H85
Abitity: 擔任過模特兒

Soldier 07 野野村琴美
Kotomi Nonomura

Birthday: 11月4日
Age: 16歲
Bloodtype: A型
Height: 162cm
Weight: 51kg
Messurements:
B81 W61 H83
Abitity: 偏差值80

Soldier 08 雪村那由
Nayu Yukimura

Birthday: 12月26日
Age: 16歲
Bloodtype: A型
Height: 165cm
Weight: 49kg
Messurements:
B82 W57 H83
Abitity: 書法社

Soldier 09 速水沙織
Saori Hayami

Birthday: 4月29日
Age: 17歲
Bloodtype: A型
Height: 162cm
Weight: 50kg
Messurements:
B88 W62 H89
Abitity: 學生會書記

Soldier 10 鈴原翔子
Syoko Suzuhara

Birthday: 5月8日
Age: 17歲
Bloodtype: B型
Height: 158cm
Weight: 45kg
Messurements:
B79 W56 H80
Abitity: 田徑社

Soldier 11 黑崎百合香
Yurika Kurosaki

Birthday: 6月17日
Age: 17歲
Bloodtype: AB型
Height: 154cm
Weight: 43kg
Messurements:
B77 W57 H79
Abitity: ………

的嘴唇。如果能讓她當我的女王就太棒了！』

「女王？」

『啊，我有點M傾向，就是喜歡讓女生罵的類型，不覺得高中生的女王還不錯嗎？例如被她用腳踩著玩弄之類的。』

「我並不這麼覺得。」

『什麼嘛。原來惠一是個S啊。既然這樣，蘿莉系的星野翼你覺得如何？那種孩童體型很讓人興奮吧？』

「……可以安靜的不要說話嗎？我會無法專心。」

『真是可惜啊，我還想跟惠一多說些話呢。』

惠一直接無視遊戲大師，開始確認少女們的檔案情報。

除了身體資料外，還寫著所屬社團及興趣。

雖然惠一並沒有真的想要戰鬥的意思，不過如果真的跟敵方隊伍交鋒的話，選擇體格好的或是加入體育系社團的女生比較好吧？

還是選擇贊同自己理念的同伴才是上策？

即使得到的獎金會減少，但既然有能夠讓雙方共同獲勝的方法，那就選擇彼此目標一致的同伴才對。

惠一一邊咬著拇指指甲，一邊凝視著十一名少女的照片。

排排列出的名單當中，惠一發現了一個似曾相識的名字。

「黑崎百合香……不會是那個黑百合吧……」

惠一點開照片想要確認黑崎百合香的樣貌，發現照片上的她左眼下方有兩個小痣。

這就跟四年前在網路上造成轟動，一名國中少女面帶微笑的照片一樣。即使被刪掉了很多次還是被人持續的上傳，也就是當年年僅十三歲卻殺了三名少年，黑崎百合香的照片。

事件發生在四年前的冬天。埼玉縣的一所國中少年上吊自殺。遺體旁留下少年的親筆遺書，裡面除了記載自己被霸凌的事情，還另外透露了三名欺負自己少年的名字。當時的家屬曾向校方提出抗議，但學校方面一概否認校內有霸凌的行為。

就連班上同學也沒有人出來指證，遺書上所寫到的三人也就沒有被問罪。之後事發過後的一個月，第二件事件發生。名字被寫在遺書上的三名少年被人殺害了，遺體在廢墟大樓被找到。

三人的脖子皆被利刃割傷，現場殘留大量的血痕。

就在新聞還在報導現場慘況當中，一名少女在雙親的陪同下向警方投案。隨後警方就在深夜召開記者會，表示該名少女即是殺害少年們的凶手，也是一個月前自殺身亡少年的妹妹。犯案動機則是為了替自殺的哥哥報仇。

少女從遺書上得知被害者們曾經霸凌過自己的哥哥，於是便前往建材超市購入大型美工刀，潛伏在少年們經常聚集的廢墟，待三人頭頭的少年一出現，馬上就從後面用美工刀襲擊，第一發就造成少年的致命傷，使得少年失血過多死亡。之後她取出少年的手機，利用簡訊將另外兩人叫來廢墟，然後再將之殺害。

案發後當天晚上，少女穿著滿身是血的制服回家，雙親發覺有異便質問少女，整起事件才曝光。

然而犯人竟然只是一名國中生這樣衝擊性的事實，使得媒體瘋狂報導。不僅在電視上播放少女被打上馬賽克的照片，還利用CG重現犯案過程。

少女的計畫性犯案以及殺害了三名少年一事，讓她與家族飽受社會嚴厲的指責。

就在電視節目的主持人跟分析家還在熱烈討論少女殘忍性格中，被害人的同班同學出聲改變了整個風向。

根據證詞指出，原來被殺的少年們其實是班上的不良分子，沒有人敢反抗他們，少女自殺的哥哥也曾被他們糾纏不休地霸凌過。

就在同情少女的聲浪逐漸開始聚集時，又發生了一件撼動局勢的事情。

有人在網路留言板上，放上了標有少女本名的照片。

十三歲的殺人魔、黑崎百合香的照片震驚了世人。並不是因為她是這起殘酷虐殺案件的犯人這樣簡單理由，而是她那讓人看了不禁聯想到少女偶像般的外表，即使青澀卻已經散發美豔的姿容。

鮮明的雙眼皮下有著明亮大眼，完美薄唇還帶點向上弧度，秀麗的黑髮蓋過臉頰線條，左眼下方的兩個黑痣更是帶出婀娜多姿的風情。

網路上打著黑崎百合香粉絲的留言相繼出現，甚至連後援會的網站都出來了。還有黑崎百合香被圖像化的照片，以及認為她所犯的罪行是一切正當理由等文章也都紛紛出現。

『最強的妹妹』『殺人魔百合香』『小黑百合』等，都是當時網友所幫她取的外號。

惠一也是在學校正流行黑崎百合香的話題時，從同班同學處看到了她的照片。那名同學是後援會的其中一員，他還自滿自己曾經寄過情書給收容黑崎百合香的關東少年教養院。

即使事件迄今已經過了四年，黑崎百合香的話題仍然沒有停止，網路上還充斥著關於她的各式真偽情報。

——為什麼黑崎百合香會在這裡？她不是應該在少年教養院嗎……

惠一凝視著已經成長到十七歲的黑崎百合香的照片。

儘管過了四年，她左眼下的兩顆黑痣以及秀麗的黑髮仍舊沒有改變，令多數人著迷的笑容更是變得美豔無比。

忽然間，惠一彷彿感覺到黑崎百合香的漆黑雙瞳盯向自己，不覺打了一個冷顫。就算被害者們曾經欺負過自己的哥哥，但就因為這樣的原因來殺害對方的瘋狂行為實在讓人感到恐懼。更不用說她手刃了三名比自己年紀還要大的男生。

計時器的數字逐漸減少，中斷了惠一的思緒。

惠一緊咬住下唇，按下了黑崎百合香的按鈕。

他並不是想要將她納入同伴裡才選她，只是感覺到她是敵人的話將會很危險。

不知道她到底是因為什麼原因來參加這遊戲。如果是療程結束出院的話，精神上也許已經安定了下來。

只是，參加這遊戲的本身是否又代表著，她其實根本沒有除去她那殘虐好戰的性格呢？

惠一輕觸脖上的金色項圈。只要有這項圈在，被選為同伴的士兵就無法加害惠一。因為惠一死亡的話，銀色項圈就會發動殉死模式，所有人都會一起死。

這件事不僅惠一知道，擔任士兵的少女們也都知曉。

只要將黑崎百合香選為自己的同伴，那麼就可以牽制她的行動。如此一來就可以保護自己以及其他的同伴。

——選黑崎百合香準不會錯的。

計時器的數字變成零的同時，喇叭內再次傳出遊戲大師的高亢聲音。

『好了，時間結束！那麼就要來準備發表被選中的士兵……本來應該是要這樣，但東區與西區的國王竟然都選了黑崎百合香……！遵照13遊戲的規則，只好請雙方國王進行士兵競標。在末端裝置的下方有個抽屜，請你們打開看看。』

惠一打開了抽屜，數百枚排成柱狀的金色錢幣擺在裡頭。

『裡面的三百枚金幣就是你們的資金。用這些金幣可買食物也可以買武器，也是這次的士兵競標所需要的錢。究竟雙方國王願意花多少錢將黑崎百合香選為自己的同伴呢？請將你們的數量輸入螢幕當中，金幣數較高的人便可以得到黑崎百合香喔！』

惠一提起微顫的手，點選了螢幕上的小計算機。

不知道對方是抱著怎樣的心情選擇黑崎百合香，惠一感到有些不安。像是祈禱般，惠一輸入了一百五十枚並按下確定按鈕。

『……那麼我要公布競標的結果嘍……東區的國王一百五十枚，西區的國王……哎呀哎呀，是一百五十二枚呢。根據結果所示，黑崎百合香從現在開始為西區國王的士兵，東區的國王則要麻煩你在三分鐘內再選一名士兵出來。』

隨著螢幕顯示切換，黑崎百合香的畫面也一同暗去。畫面左上角接著出現新的計時器並開始倒數。

惠一急忙趕緊重新瀏覽剩下十位少女的資料。

但要以什麼基準來選他也不知道，沒有選到黑崎百合香讓惠一的思考停頓了下來。

面對一題沒有正確答案的選擇題，卻又不得不作答的情況下，他只好找出離正解最近的答案。

就在計時器還剩最後一分鐘的時候，惠一的視線停在一名少女的照片前。

顯示畫面再度切換為監禁少女們的圓形房間。

『……好了，各位少女士兵們，第一回合的選擇結果已經出來了，現在要揭曉嘍。東區的國王選擇的士兵是速水沙織，西區的國王選擇的則是黑崎百合香，請各位恭賀她們倆吧！』

遊戲大師的聲音，似乎也傳進了少女們監禁的房間，只見她們東張西望地找尋發聲源。

不久，圓形房間的角落牆壁上滑出一個縱向的洞口。

『現在就請兩位被選中的少女跟著工作人員的指示，我們會帶妳們去妳們國王所在的基地房。至於其他人請別靠近出口，就像當初說明過的，如果違反規定的話就會被處死喔。』

遊戲大師尖銳的笑聲還在迴盪中，一名少女便朝出口前進。

從上層拍攝的影像幾乎看不出臉，但惠一能確信那名少女就是黑崎百合香。她飛揚起長髮，毫無遲疑地邁開步伐消失在黑暗深處。

緊接著移動的是惠一選擇的速水沙織。她緊張地靠近出口，向其他少女點頭後便往出口前進。

五分鐘後，惠一所在的房門被人打開，一名頭戴安全帽的男子將沙織帶了進來。男子把沙織推進房後便漠然將門關上。寂靜再次回到昏暗的房間內，兩人也像是銅像般停止了動作。

——在這種狀態下該說什麼才好呢？

眼前的沙織不知是否緊張的關係，表情比螢幕上的照片還要僵硬。她用指頭捲著及肩的長直髮，數次張了嘴又閉上。

惠一在學校並不是屬於積極與女同學搭話的類型，即便如此他還是努力想辦法找話題，倒是沙織比他先一步出聲了。

「為什麼……」

「呃？」

「為什麼你選了我呢？」

「……因為競標的時候黑崎百合香被選走了。」

「但包括我在內還有十個女生，為什麼在這之中你選了我？」

沙織向前跨了一步，湊近惠一的臉。她的瞳孔裡閃爍著頂上的燈光。

面對沙織直視的視線，惠一將臉別了開來。

「……因為……」

「嗯？你說什麼？」

「……因為妳的……眼神很溫柔。」

惠一紅著臉回答。

「這跟遊戲有什麼關係嗎？我認為你應該要選擇強一點的人才對。」

「我沒有想要彼此爭鬥。」

「你說沒有想要彼此爭鬥？難道你找出兩方隊伍都能勝利的方法了？」

「妳也知道啊。」

「嗯。蒼野先生有說過，曾經有兩方隊伍都存活下來的案例。」

「妳說的蒼野先生是貓咪人才中心的？」

「對，一個胖胖的大叔。所以你也是在那被勸誘參加遊戲的對吧？」

「嗯，對了，我的名字是有馬惠一，叫我惠一就行了。」

「我的名字叫速水沙織……啊，你早就知道了。」

沙織輕吐舌頭，在惠一面前初次展露了笑顏。

「我呢……需要錢。最好是越多越好。」

「為什麼妳需要那麼多錢？」

「我父親的公司有危機，如果這個月底籌不到五百萬元資金的話，票據就會跳票，公司就會破產了。」

「所以才參加了這個遊戲啊。」

「嗯。公司明明已經快要撐不下去了，我和母親也知道實際的情況，但父親在家卻仍舊強顏歡笑著。」

「照妳這麼說如果是雙方贏的話，一百萬就不夠分了吧。」

「雖然是這樣，可是現在我覺得平分就好了，畢竟我並沒有想要錢到需要殺人的地步，不過我想黑崎百合香除外吧。」

「妳們也注意到了黑崎百合香？」

「嗯，她自我介紹的時候，淡然的說直到上個月為止她都還在少年療養院裡。大家被關著已經很不安了，就只有她一個人還笑嘻嘻的。」

也許是想起了當時情景，沙織微微地發抖。

末端裝置的麥克風傳來細微的切換聲。

『好了，看來兩人都已經到達彼此國王的基地房了，那麼繼續開始第二次的挑選嘍！這次開始選擇時間將改為五分鐘，請多加留意。』

惠一趕緊回到末端裝置前，面向螢幕正準備確認剩下九位少女的情報時，一旁的沙織也跟著湊上，一頭長直髮飄出淡淡柑橘香。

意識到沙織的惠一雖然有些害羞，還是向她搭了話。

「那個，速水同學。速水同學和其他女生說過話了吧？妳覺得選誰比較好？」

「叫我沙織就行了。嗯……我想想，要選的話應該是楓同學，楓姬子同學。」

「為什麼是楓同學呢？」

「嗯——她是我們之中最高的，也感覺最沉穩，而且對於獎金也好像沒那麼執著。就算惠一把目標放在均分獎金上應該也不會有什麼怨言。」

「既然覺得獎金沒那麼重要，那為何還要參加這遊戲呢？」

「雖然不是很瞭解，不過她是劍道社，感覺又很有力氣，也許認為自己不會輸給其他女生吧。」

惠一直盯著螢幕中楓姬子的照片。照片中的少女眼神充滿著自信，頭髮束在後頭，看起來就像是有運動的樣子。

『嘿！各位，第二次的選擇也結束嘍！東區國王選的是楓姬子同學，而西區國王選的是鈴原翔子同學。請兩位移動至出口。』

遊戲大師的話語剛落，螢幕上隨即顯示出兩位少女離開圓形房間的影像。

惠一順便確認了一下鈴原翔子的情報。體重偏輕，備註上寫著田徑社，照片是一名皮膚晒得健康勻稱的少女。

幾分鐘後，先前帶沙織進來的同一個安全帽男，又將楓姬子帶了進來。

她發現了站在末端裝置前的惠一後，輕快地舉起右手。

「唷！你就是我的國王嗎？請多指教嘍。」

「啊、嗯。請多指教。」

「我的名字是楓姬子，叫我姬子就好，你呢？」

「我叫做有馬惠一……」惠一還未自我介紹完，喇叭再度傳來遊戲大師的聲音。

『那麼，第三回合的選擇要開始嘍。跟剛才一樣限時五分鐘，希望東區國王跟西區國王都能不後悔地好好選出自己要的士兵。』

就和先前一樣，計時器開始倒數。

姬子也一起順勢擠向螢幕窺看。

「喔～原來是這樣來操作選擇的啊，做得倒挺精緻的嘛。」

「等、等等，別這樣壓上來啊、姬子同學。」

惠一朝著緊貼自己的姬子說。

「在意什麼啊～惠一。怎樣，你要選誰？」

「姬子同學覺得選誰比較好？」

「嗯～是沒有覺得誰好，只要是有幹勁的傢伙都可以吧？」

「有幹勁是什麼意思？」

「不是啦，我們被關在那圓形房間裡的時候有人一直在哭，哭得我都快要憂鬱了。明明是自願參加遊戲卻還哭成這樣引起騷動，如果不想，一開始拒絕不就好了。」

姬子邊搔頭，邊長嘆一口氣。

「總之，野野村琴美、鳴海五十鈴、姓北条的姊姊那個，名字叫什麼來著？」

「北条春香。雙胞胎妹妹叫做北条夏美。只要記春天是姊姊，夏天是妹妹這樣就會比較好記。」

沙織隔著惠一，從姬子的另一頭出聲回覆。

「對對！就叫做春香啦。我覺得大概就這幾個比較可靠。之前野野村琴美向我搭話有稍微聊一會，感覺她像是在收集情報，鳴海五十鈴也是一直在觀察大家。」

「啊，野野村同學跟鳴海同學也都曾向我搭話。雖然只聊了一下，但被問了滿多問題。」

「是怎樣的問題呢？沙織同學。」

惠一一邊確認螢幕上少女們的資料，一邊向沙織問道。

「嗯，進的社團，還有喜歡的科目是什麼大概這類的普通話題。」

「說到這，我提到自己是劍道部主將的時候，野野村琴美還一臉驚訝呢，也順道被問了許多關於劍道成績方面的事。」

「妳的成績很好嗎？姬子同學。」

「就說不用加同學了，惠一。不過我的成績在之前的縣大會裡，可是一次都還沒輸過唷。」

「那是全勝的意思？」

「就是那個意思！我想我應該還算是個能幫得上忙的士兵。」

姬子露出一口潔白的牙齒，拍了拍惠一的肩膀。

突然間，喇叭傳來警告的聲音，惠一趕緊確認螢幕上的計時器，上頭顯示還有三十秒。他煩惱了一下，最後選擇了一名少女。

「大家久等啦～第三回合的選擇也安然結束嘍。東區國王選擇的士兵是鳴海五十鈴，西區國王選擇的士兵是進藤紗希，請兩位遵從出口處工作人員的指示。」

螢幕上顯示的攝影畫面照出兩位少女起立的身影。
其中一人是惠一選的鳴海五十鈴，她皺起眉頭一臉不悅地朝洞口前進，而對手所選的進藤紗希也接著緊跟在後。
姬子用食指戳向惠一的手臂。
「惠一為何選了鳴海五十鈴？」
「我想時間緊迫先選再說，加上鳴海同學是將棋部的感覺很聰明。」
「是嗎？不過有個軍師說不定也比較好，像我就是不擅思考的人啊。」
「我不是這樣打算才選她的，我並沒有想要跟敵方競爭的意思。」
「什麼？所以你的目標是想平分獎金？」
「嗯，姬子同學討厭平分獎金嗎？」
「……不，也不是討厭，老實說其實怎樣都可以，反正我也只能遵從國王的意思嘛。」
姬子用右手手指敲了敲脖上的銀色項圈。
不久，房間的門被打開，鳴海五十鈴走了進來。
五十鈴瞥了一眼站在末端裝置前的惠一他們，深深地嘆了一口氣。
「什麼嘛~明明只是新人態度那麼差。」
姬子鼓起兩頰對五十鈴說。
「說什麼新人，不就只差了十分鐘，妳是傻子嗎？」

一聲獨特的關西腔（註3）在房內響起。

「就算是十分鐘也算是妳的前輩啊，我可是體育系（註4）的欸。」

「劍道部是吧？妳跟野野村琴美講話的時候我早就聽到了。唉，看這支隊伍，現在這情況可不是說笑的。」

「什麼意思？」

惠一向五十鈴發問，只見她直直地盯著惠一。

「你就是東區的國王？身體薄弱臉又蒼白，我果然來錯隊伍了。」

「妳說來錯隊伍……但我沒有想要跟敵方競爭的意思喔。」

「蛤？你說這什麼意思？」

「因為有兩方都能獲勝的方法，所以就算不鬥爭也沒關係，只是獎金會少了點。」

「啊，聽你這麼說在日本橋（註5）勸誘我參加遊戲的大叔好像說過類似的話，說什麼也可以把目標放在平分上，讓全員安全領取獎金。」

五十鈴搔著頭接著又嘆了一口氣，嘴角旁露出獨特的虎牙。

註3　關西腔：日本近畿地方（關西地方）各種日語方言的總稱。

註4　在日本社會裡很重視輩分關係，特別是體育方面更重視學長姐制。

註5　日本橋：日本大阪地名。此指架設在道頓堀川上的橋。

「你說你叫什麼名字？」
「我叫有馬惠一。」
「嗯，只有名字聽起來強點，還有馬字在裡頭。」
「為什麼馬感覺強？」
「什麼？連將棋都不知道嗎？對角即成馬啊。（註6）」
「說到這，五十鈴同學是將棋部的對吧。」
「你怎麼會知道這事？」
就在此時，遊戲大師的聲音從喇叭裡傳出，第四次的士兵選擇開始了。
惠一中斷了和五十鈴的對話，轉身走到末端裝置前。螢幕上顯示的照片還剩下五位少女。
惠一還在想著到底要選誰好，站在一旁窺視的五十鈴嘖了一聲。
「什麼嘛，情報上竟然連三圍都寫上了，難怪惠一一開始就選速水沙織。」
「什麼意思？」
「就是字面上的意思。你不就是從胸部最大的開始選嗎？」
「我才不會做那種事！」
「是~是。現在剩下的士兵就只有野野村琴美、北条姊妹春香、夏美，跟星野

註6　對角即成馬：日本將棋的術語之一。

翼及雪村那由嗎？那……你要選誰？」
「現在正在思考中。」
「那我給你個建言吧！北条夏美跟星野翼最好不要，那兩人根本無心參加比賽，就算目標是平分獎金，沒有用處的就不需要。」
「為什麼妳知道她們沒有用處？」
「因為我們一直被關在同個房間裡啊。星野翼就只知道哭，北条夏美愛鬧性子讓她雙胞胎姊姊為難，不管哪個都派不上用場。」
「那方面我也同意。不過不是因為沒用什麼的，而是我討厭讓氣氛低迷啊。」
姬子坐在一旁角落的毯子上說。
「氣氛什麼的不重要，重要的是組一個強勁的隊伍才是。如果不這樣我看連平分獎金都不用想了。」
「為什麼這樣會連平分獎金也不行呢？」
「那個待會再解釋，現在首要先決定選誰吧。」
五十鈴用尖銳的眼神瞪著惠一。
她的身高雖然比惠一矮了大概十五公分，但強硬的傲氣卻絲毫不輸人。惠一被五十鈴的氣勢蓋過，只好先選擇了一名少女。
『好的，第四次的選擇也結束了唷。東區的國王選了北条春香，西區的國王則選了野野村琴美，請兩人前往出口處。那麼，接下來就要進行最後的選擇了，剩下的三人最好做好覺悟才是呢～嘻嘻嘻嘻！』

惠一看著圓形房間內的影像，察覺到一股至今為止明顯不同的氛圍。剩下的三名少女緊挨著彼此不停地發抖著，其中一名最矮的少女還低著頭啜泣。

既然是賭上性命的遊戲，會害怕也是當然的，但她們的反應彷彿是因為遊戲大師所說的話更令人恐懼。

惠一轉向一臉嚴肅的沙織與她搭話。

「沙織同學，遊戲大師所說的覺悟是？」

「啊……惠一因為是國王，所以不知道呢。」

「呃？什麼意思？」

「我們士兵的總人數是十一人，但在這之中能參加遊戲的卻只有十人，所以剩下沒被選上的那一個人就會被處死。」

「怎麼會！我從來沒聽說過這樣的事。而且貓咪人才中心的蒼野明明也說有辦法能讓所有人獲救啊！」

「那應該是指參加比賽的十二個人，如果把目標放在平分獎金的話全員皆可獲救，這部分我也知道。」

沙織所說的話讓惠一感到自己面頰一瞬失去血色。他想起與蒼野的對話，的確就像是沙織說的那樣。他緊握住雙拳，咬住下脣。

雖然蒼野所說的話並沒有騙人，但在會擔心人命的惠一面前，他從一開始就打算隱瞞遊戲初期就會有人死亡一事。

「為什麼有這樣危險的條件還要答應？」

「就算是國王的你不也一樣嗎？惠一。」

面對怒吼的惠一，五十鈴冷淡的回答。

「你似乎覺得只要你把目標放在平分獎金就可以安然無恙，但如果敵方隊伍不同意，那個條件就不會成立。這樣確切計算的話，也就只有百分之五十的機率不是嗎？同理而論，我在一開始最初選擇的時候，有百分之九點多的機率可能會死，如果僅以這樣的機率就有可能拚到巨額獎金的話，想賭賭看也不為過吧？我們彼此都是需要錢的嘛。」

「但有百分之九的機率可能會死啊……」

「就算那樣還是需要錢啊！而且不僅是我，來參加這次遊戲的十三名成員，或多或少都是這樣想的。」

此時，房間的門再度被打開，頭戴黑色安全帽的男子把抵抗中的北条春香推進來後，又沉默地將門關上。

同時間喇叭內傳來遊戲大師的聲音。

『接下來是最後的選擇了。東區跟西區的國王請你們在剩下的三人之中選一個你們喜歡的士兵吧。時間限制為五分鐘喔！』

遊戲大師說的話讓春香起了反應。

她搖晃地走向惠一，兩手拉住他的襯衫，螢幕照片上看到原本還整齊的褐髮此時像是被風吹過般凌亂，雙眼充滿著血絲。

「拜託，選夏美……請選我妹妹！」

春香死命地抓著惠一搖晃。

「冷、冷靜一點，春香同學。」

「夏美雖然是文藝部，但是她力氣很大一定可以幫得上忙的！拜託一定可以的！」

「總之妳先別再抱我了，這樣我也無法選。」

惠一先掰開春香，走到了末端裝置前。

螢幕上顯示三名少女的照片，其中一名就是春香的妹妹北条夏美。頭髮比春香還要短些，但長相就跟剛才還抱著自己的姊姊春香一模一樣。

正當惠一重新瀏覽夏美的情報時，五十鈴輕捏了他手臂一把。

「喂，惠一。你該不會是想要同情她而選擇北条夏美吧？」

「我沒有啊。」

惠一將視線轉至後方的春香，她正雙手合十如同祈禱般地注視著自己。

五十鈴用拳頭頂著下巴，直直地盯著螢幕。

「在這剩下的三人當中，身高最高的就屬雪村那由了。看起來也做好了相當的覺悟，最保險的就是選她吧。」

「什麼覺悟？」

「你在問廢話嗎？就是投入這自相殘殺遊戲的覺悟啊。雖然對北条的姊姊不好意思，但即使她比星野翼好些，她妹妹看起來並沒有這般覺悟。至於星野翼，體型根本等同國中生，也只會一直哭。」

「妳說她一直哭……？那她為什麼還要參加這個遊戲？」

「聽說是離家出走，沒錢之後晚上在街頭亂晃時被與十三支有交情的流氓拐來的。唉～可說是完全被騙了呢。對方隨便說說運氣好可以拿到兩千萬，就飛也似的上鉤了吧。」

五十鈴嘖了一聲繼續道。

「反正就是兩個選擇，北条夏美還是雪村那由，你要選哪一個？」

惠一看著螢幕裡兩人的照片做評估，若以體格來說雪村那由好一點點，聽五十鈴建議，她的精神也相對比較穩定。就算以平分獎金的前提來抉擇，給人沉穩感的雪村那由納入同伴是最適合不過。但一想到春香對她妹妹的執念，惠一就怎麼樣也無法下決定。

「我要選擇北条夏美。」

一聽到惠一的決定，春香隨即跌坐至地板，雙手捂著臉，口中不停地道謝。

「快和惠一說謝謝吧，正常的話都會選擇雪村那由的。」

儘管五十鈴嘴裡碎唸著，但並沒有強烈反對的意思。

不久，喇叭聲傳來遊戲大師的聲音。

『唉～本想著士兵選擇終於結束了，沒想到……兩方國王竟然都選了北条夏美！因此第二回的士兵競標再次開始，規則剛才也說過，想必都懂了吧？究竟兩方國王願意花多少枚金幣在北条夏美身上？請將數字輸入至末端裝置裡，拿出金幣較多的國王就可以得到北条夏美喔！』

一瞬間，房間內整個安靜了下來。春香似乎還沒理解到剛才發生的事，呆望著螢幕裡的計算機小圖。

原以為對方會選擇雪村那由的惠一，面對這預料之外發展不由得困惑了起來。

「為什麼那邊也選了北条夏美同學……」

「原來如此，是打算這樣啊。」

五十鈴小聲地喃喃唸道。

「妳知道了什麼嗎？五十鈴同學。」

「我想比起強化自己的隊伍，對方的國王寧可把重點擺在弱化我們啊。」

「為什麼選了北条夏美就能弱化我們隊伍？」

「因為我們隊伍有她的姊姊春香在啊，如果妹妹在敵方的話，姊姊根本就無法戰鬥了吧。畢竟我們贏的話，她妹妹就會死了。」

五十鈴的話讓春香為之一震。

「雖然這麼說，不知算幸運還不幸，至少事情演變到競標一事，也讓我們知道對方在想什麼，這樣我們也好阻止。」

「是指只要競標上贏對方就可以了？」

「就是這麼回事！對方的國王為了黑崎百合香已經花了一百五十二枚金幣對吧？這樣看來他應該也所剩無幾。等……等等！……這樣的話，那如果一開始我們選了北条妹妹，對方就不可能會贏啊……」

五十鈴皺起眉頭，在房間內不停徘徊。

「我知道了！對方的目的是要減少我們的軍資！」

「減少軍資？」

「如果是要競標的情況下，對方根本沒有多餘的錢可以得到北条妹妹，那乾脆讓我們多花一些金幣，這樣不就是一石二鳥之計！」

遊戲大師的聲音又從喇叭裡傳出，打斷了惠一與五十鈴的對話。

『東區國王，不知道是否決定好金幣數量了呢？西區的國王早就已經將數字輸入進去嘍。』

「我知道了，現在馬上輸入。」

惠一逐一地確認數字邊移動手指。

「十二枚金幣？我覺得有些多欸，對方應該才願意出一枚吧。」

「可以的，我們這裡都還有三百枚，十二枚也只是全部的百分之四而已。而且對方已經花了超過百分之五十，所以應該沒有關係。」

「喔？看來惠一也有自己的想法嘛。」

待惠一按下決定鍵後，遊戲大師的聲音隨即在房內響起。

『好的，各位久等了。那麼就趕緊來發表結果吧……東區國王出了十二枚，西區國王出了十六枚！也就是說，西區國王獲得了北条夏美！還請東區國王在三分鐘內再選一位新的士兵，不過話雖這麼說，也只剩兩個選擇了。』

喇叭傳出的聲音結束的同時，螢幕的電子計時器再次顯現。

惠一發愣地張著嘴，直盯電子計時器的小圖。

這還真是預料之外的結果。繼先前黑崎百合香一事，這次又被對方反將了一軍。即便還不知道對方的名字和臉，但這些動作已經讓人覺得對方是好戰的類型。

不知其他四位少女是否也這麼覺得，各個表情都僵成一團。尤其是和妹妹分在不同隊伍的春香，臉上不帶任何血色的凝視著已無法再選擇的妹妹，夏美的照片。

此時喇叭傳來警示聲，惠一確認了一下螢幕的電子計時器，還有三十秒。五十鈴急忙地拍打惠一肩膀。

「快沒時間了。總之先選士兵再說。」

「但是沒被選上的人就會死啊。」

「說什麼啊，那已不是你能干涉的問題了，難道你還沒做好覺悟嗎？」

「但是、那樣的話……」

惠一站在螢幕前手指不停地顫抖。畫面上只剩下雪村那由與星野翼的照片。

如果沙織所說的都是真的，那麼沒被選中的人在參加遊戲前就會被殺。一想到自己的選擇將決定這兩人的命運，惠一不覺感到一陣噁心，只能勉強用雙手摀住嘴巴努力地用鼻子呼吸。

「惠一！選雪村那由，之後你只要想著遊戲的事就好！」

儘管是五十鈴的喊叫也無法讓惠一做出決定。

隨著電子計時器的倒數結束，兩位少女的照片開始交互閃爍，接著速度越來越慢，最後落在一張照片上停了下來。

『哎呀，最後時間終了只好以亂數決定，不過士兵選擇也終於結束了。東區國王的士兵是星野翼。西區國王選擇的則是北条夏美，請兩位從洞口出去，遵從工作人員的指示前進。』

螢幕的畫面隨即切換成房內影像，兩位少女挨著彼此走向洞口並消失在深處，只剩雪村那由留在房間裡。

即使透過攝影機的影像也可以看得出雪村那由不停地在顫抖，她雙手交叉在胸前使勁地抓著手腕處。畫面由上而下比較難看得到她的表情，但微微照出的嘴脣早已失去本來的血色。

五分鐘後，頭戴安全帽的男子帶著星野翼出現，一樣沉默地將星野翼推進房後馬上把門關上。失去重心的星野翼搖搖晃晃地走到房間中央，承受著惠一他們的視線讓她小小的身軀不覺一陣哆嗦，豆大的淚珠馬上落下，蓋到手背的制服衣袖全數浸溼。

她那黑色長髮綁成兩束的髮型，實在讓人難以相信是情報上所寫的十六歲，反而像個國中生一樣。就在小翼的哭聲還在昏暗房內持續不斷的同時，喇叭內傳來遊戲大師尖銳高亢的笑聲。

『各位～久等了！分隊伍一事也安然結束了，接下來就是戰鬥開始。不過在此之前，要先處理一下不需要的士兵呢。』

一聽到遊戲大師這麼說，照映在螢幕裡的雪村那由整個人彈了起來。她又哭又笑地面對著鏡頭不知道在喊叫什麼，但聲音卻無法透過喇叭傳出。

『哎呀哎呀～雪村那由，妳就算再怎麼想向國王們表現自己也是沒用的，妳的聲音他們可是聽不到的。能聽到妳聲音的只有十三支會裡的VIP觀眾們唷……哎呀那可不行，決定參加這遊戲的也是妳啊，所以妳也得遵照遊戲地規則才行。』

遊戲大師似乎正在和雪村那由對話，畫面中的她嘴巴不停地張合。即使惠一無法聽見她在說什麼，但內容也大概想像得到，她正在拚命乞求饒命。

『好了，雪村那由。妳臨死的樣子將會被記載在十三支會的影像圖書館裡，永遠地保存下去，當然妳也不用擔心會外流到網路上。那麼最後要美美地、美美地獻上臨終喔！』

遊戲大師的聲音一結束，攝影機馬上特寫雪村那由。原本在資料上的美麗臉龐此刻已變得醜陋歪曲，綁在後面的頭髮也凌亂不堪，彷彿老了十歲一樣。就在此時，畫面也起了異變，惠一就像是被迷惑般，視線完全離不開螢幕。

——真的會殺嗎？不、不可能會殺的。這樣到底有何意義，不會殺的不會殺的不會殺的不可能真的殺的！

惠一的思緒不知不覺轉為祈禱。他將兩手合至胸前死命地祈求著。身邊的少女們也不知何時都聚集在他身邊。全部的人一臉慘白的將視線轉向螢幕。

同時間，畫面裡的雪村那由停止了動作。她像是傻住了一樣張開嘴盯著攝影機。正當她嘴巴緩緩閉上的瞬間，鮮紅色液體從銀色項圈的縫隙中噴出，血液流滿她的脖子，制服也逐漸染成暗紅。她猶如慢動作播放般將雙膝跪在地板上，腳邊盡是大量鮮血，潔白的地板也被浸成一片血紅。接著她的身體像弓箭般慢慢向後弓起，最後倒臥沉浸在血海裡，失去血色的面頰不再有任何表情。

不知過了多久，原本無聲的喇叭再度傳來遊戲大師的聲音。

『好了，剩下的各位十二名士兵，這就是殉死模式的威力啊。鑲嵌在銀色項圈裡的陶瓷小刀能正確地切斷頸動脈。這次雖然是用遙控器控制，但通常都會是在國王死的時候才會發動，所以妳們要好好努力保護自己的國王啊！還有，如果有違反規定的情形，不只是針對士兵，國王也是會一起被處刑，所以要多加注意。』

惠一耳裡根本聽不進遊戲大師的說明。他無法將視線從螢幕裡的雪村那由身上移開。她看起來就像是睡在一片巨大的鮮紅花瓣中，表情彷彿已從痛苦與煩惱中被解放，異常地美麗。

遊戲大師的解說還在繼續。

『接下來要跟你們說明，從現在開始五小時後，你們所在的基地房的房門將會開啟。在這之間，看是要吃飯還是要擬定作戰會議都是你們的自由。吃飯的話，只要支付金幣就能點各式各樣的料理，還有其他可以用金幣買的商品，都能先在末端裝置上做確認，購買完成的東西會透過末端裝置的抽屜送達。等到門開啟了以後，你們就能在長四百公尺、寬八百公尺的閉鎖區域內活動。區域裡藏有許多金幣跟道具，你們都可以探索。結束遊戲的條件呢，就是雙方任一國王死亡，遊戲就結束。勝利的隊伍將能得到獎金一億三千萬元，大概的流程就是這樣嘍。』

忽然間，遊戲大師的說明停了下來。過了幾分鐘的沉默，喇叭才再次傳來聲音。

『哎唷，真抱歉。剛剛西區的國王有些疑問所以停了一下……好，那我繼續說明，總而言之呢，就是快點把敵方國王殺掉就對了啦！這麼一來，不管對方還剩多少士兵，殉死模式都會啟動，這就是最有效率結束遊戲的方法。當然，也有殺光所有士兵後再狙擊國王的方法。』

「我聽說還有平分獎金的方法。」

惠一用著毫無抑揚頓挫的語調問道。

『……哦、這次換東區國王對平分獎金的方法有疑問啊……剛好跟我接下來要說明的事也有關係，那就乾脆跟兩邊隊伍都做說明好了。之前說會讓你們在指定的區域內戰鬥，而在那區域裡除了藏有武器之外，還藏有能放入末端裝置裡使用的十三種卡片。請看一下末端裝置的右上角。』

惠一聽從遊戲大師所說的朝右上角看，上頭有個長八公分的橫縫。

『那裡就是放入卡片的地方。基本上卡片的效果都是對隊伍有利的，要再詳細一點就請看螢幕的主選單，裡頭有個卡片清單的地方。順帶一提，在這裡面有個「聯合勝利卡」，只要使用那張卡就能使兩方勝利順利結束遊戲。舉個例，以上面的卡片效果來做解釋的話，〈只要使用這張卡，就能使雙方隊伍共同勝利。獎金平均分予兩隊伍，但獎金額度將減為原獎金之十分之一。〉』

惠一盯著螢幕右上角的卡片清單，只要點這個圖示就能閱覽了吧。

『不過「聯合勝利卡」是屬於稀有卡片，光是找可能就會花掉不少時間。畢竟依據卡片的種類，藏起來的數量也比較少啊……好了，以上這樣說明大致也結束了。基本上從現在開始你們要怎麼做都不受限制，不論是要贏還是要獎金均分甚至自殺都是你們的自由，反正只要是賭上自己性命的行動，我通通都幫你們加油！』

螢幕上顯示的圓形房間隨即消失，新的畫面取而代之。

畫面的右側上方寫著有馬惠一的名字，下面則是惠一所選的五名少女並列在一起的照片。左側的畫面呈現對稱的排列，貼在上頭的是另外五名少女的照片，照片上方有個男生的名字。

「久流魁人……」

像是要牢記在腦中，惠一唸出了畫面上的名字。

與十位少女不同，國王的照片並沒有一起貼在上面，所以久流魁人長什麼模樣，體型是如何都不知道。當然，久流魁人也不會知道惠一的樣貌。就在惠一正想像久流魁人的外貌時，遊戲大師的聲音傳來。

『對了對了，還有一件事要先和你們說。就在你們戰鬥的區域裡，裝有一萬個以上監視器，為的就是要將你們的影像保留在十三支會的影像圖書館裡，麻煩各位不要破壞它。如果有故意損壞的行為發生，我們將會處以嚴重的罰金喔……還有，現在基地房裡的攝影機跟麥克風，會隨著我的發言終了同時切斷電源，所以如果有什麼問題想要詢問，就點選螢幕上貓圖示的身體，畢竟還是要保有你們的隱私嘛。』

「什麼叫保有隱私，是僅限這狹小煩悶的房間裡吧！」

五十鈴露出虎牙故意吐露惡言，但遊戲大師卻無任何反應。

看起來攝影機跟麥克風似乎都被切斷了。

畫面的左邊角落有隻ＣＧ貓咪正在跳舞，只要點選這隻貓就能向遊戲大師發問了吧。

惠一忽然覺得遊戲大師的行為很恐怖。雖然外表是貓的ＣＧ又用活潑的方式來解釋遊戲規則，但另一方面又能毫無猶豫地殺人，而且動作還絲毫感覺不到生澀。

惠一站在末端裝置前不發一語，沙織悄悄地拉住他的衣袖，小手輕微顫抖。沙織以及其他少女也許比惠一感到更為恐懼吧。如果出錯了一步，她們的下場就會像雪村那由一樣。

惠一無意識看了一下畫面左上角，電子計時的圖示顯現在上頭，跟之前倒數的畫面不同，標示的是現在的日期跟時間。

二月十四日一點八分。照遊戲大師說的話，五小時以後，房間的門就可以打開了吧。

「惠一，接下來打算怎麼辦呢？」

沙織不安的望著惠一。他轉向身邊，發現姬子及五十鈴還有春香、小翼都在看著自己。看來大家似乎都在等身為國王的惠一發言。

「我不想要殺人，所以我打算把目標放在找出共同勝利的卡片上，再平分獎金。」

「只要找出剛才提的『聯合勝利卡』就好了對吧？」

「嗯，這樣一來就不會有人死。」

「我倒覺得不會那麼順利。」

五十鈴插入惠一與沙織的對話中。

「不是說『聯合勝利卡』是難以找到的稀有卡片嗎？那麼也就是說，就算分開找也可能無法馬上找到。我可不認為敵方隊伍在這期間會乖乖地等我們找出來。」

「也許對方也在找能和局的卡片啊？」

「就說你太天真了！已經有了最強棋子的國王，還有必要找能和局的卡片嗎？」
「最強棋子？」
「黑崎百合香啊！只要有那殺人魔在的話，我們的隊伍應該撐不住一天就全滅。對方國王只須向黑崎百合香下令『給我殺光他們！』這樣就好了。」
「那傢伙嗎……」
姬子靠在層層疊放的毛毯上插了話。
「黑崎百合香的確是個難纏的傢伙，但我不認為她是個無法贏的對手。」
「當妳在說贏不贏的時候，就已經放錯重點了啦。」
「妳什麼意思啊？五十鈴。」
「不是贏或不贏，而是殺或被殺啊。」
五十鈴吐出這番話。
「雖然妳是劍道部的、身高又高，單看運動能力的話妳一定能贏，但是論殺人的覺悟妳卻沒有。」
「話雖那樣……但是如果遇到要被殺死的情況也只好殺對方了啊？」
「那意思不就是妳可以防禦，但妳無法攻擊嘛。」
「唔……」
姬子陷入沉默，五十鈴隨即吐出大到房內都能聽見的嘆息。
「就是這麼回事。這遊戲最重要的就是有沒有殺人的覺悟。能做到的人有我和野野村琴美、進藤紗希還有黑崎百合香。我們這兒只有我一人，但對方那有三人，加上黑崎百合香已經有殺死三人的經驗了。」

「五十鈴同學有想要跟他們鬥嗎？」

惠一向五十鈴問道。

「……我家老爸是個大酒鬼，從來不給家裡生活費一毛錢。老媽也在住院中，下面還有三個讀小學的弟弟。完全就是名副其實的窮人多子。所以我只能出來賺錢，而且希望越多越好。如果勝利的隊伍就能得到一億三千萬元的獎金，這樣平均下來每人還能得到兩千萬元以上，有了這些錢，我的弟弟們到成年為止都不用愁了。」

「也就是不希望選擇平分獎金的意思？」

「如果平分了獎金，額度就會變成十分之一。這樣一個人只能分到一百萬再多一點，頂多也只能撐一年吧。」

「但是如果想要得到高額獎金就必須要殺人喔？」

「在決定參加這遊戲的時候，我就已經做好被殺的覺悟了，我想其他人也是吧？那麼這就是場誰死也沒有怨言的爭鬥了不是嗎？」

五十鈴瞪著惠一，一掌拍向水泥牆。

「但我也不打算自找死路，要用這樣的戰力去贏得遊戲，就跟將棋裡失去重要的攻擊棋子，卻還是想要去決勝負的行為一樣，而且國王看起來又這麼不牢靠。」

「那妳會贊成平分獎金嗎？」
「這也是沒辦法的事啊，我可不想做危險的賭博，既然如此只好把目標轉為拿一百萬然後活下來啦。」
「謝謝妳，五十鈴同學。」
看著低頭道謝的惠一，五十鈴輕吐一口氣。
「春香的妹妹也在敵方隊伍，想也知道會是贊成平分獎金，姬子跟小翼也同樣這麼想吧？」
惠一將視線轉向春香，她慘白著一張臉連忙點頭。為了讓被分在不同隊伍的春香跟夏美能共同存活下來，只有把目標放在平分獎金上頭才有可能，所以春香理所當然會贊同這個決定。
「小翼也覺得平分獎金好嗎？」
惠一用著如同與小孩說話般的語氣向小翼問道。小小的身軀一震，紅腫的雙眼再度流下眼淚。她不停的抽噎，重複了幾次後才打開櫻紅的嘴唇。
「……小翼只要平分獎金就好。因、因為好可怕！」
小翼用著口齒不清的語調說完後，馬上坐到地上將臉埋在雙手裡。儘管沙織抱著小翼的肩向她搭話，但她就像是個任性的孩子不停地左右搖頭。
五十鈴緊繃著一張臉輕拍惠一的肩。
「小翼交給沙織就好，我們要來討論平分獎金的作戰策略。」

CARD LIST
卡牌目錄

Item01

全滅卡

稀有度普通 ★☆☆

效果

雙方隊伍皆敗北。
全員處決。

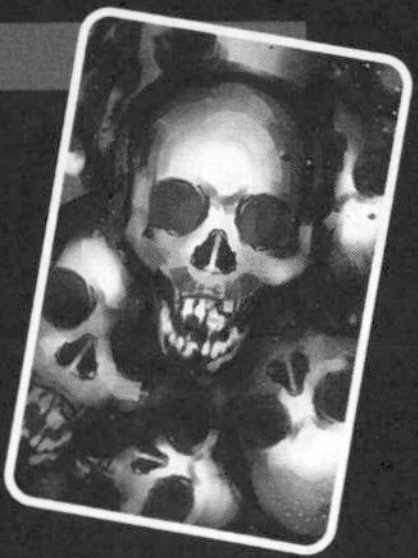

Item02

半價卡

稀有度普通 ★☆☆

效果

使用此卡可使項目內任一商品價格減半。（小數點四捨五入）

Item03

沒收卡

稀有度普通 ★☆☆

效果

雙方隊伍需支付 50 枚金幣。若有支付不出的情況，則該隊伍直至支付為止，所有卡片將無法使用，也無法購買其他物品。

Item04

獎金減額卡

稀有度普通 ★☆☆

效果

使用此卡可使勝利隊伍的獎金數目減少一千萬元。

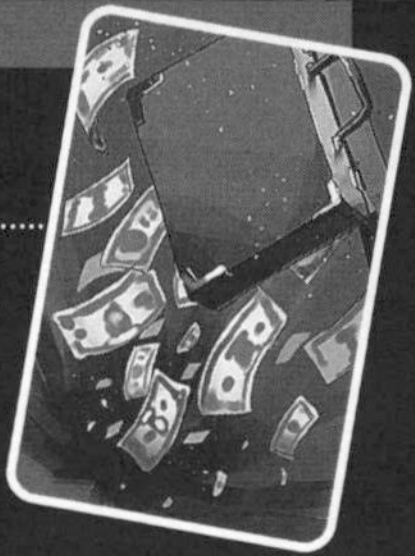

Item05

決鬥卡

稀有度普通 ★☆☆

效果

雙方的國王選擇己方士兵一名。選上之士兵將在地域內的中央公園內舉行決鬥。剩下成員直至決鬥結束，皆不可入園及干涉決鬥。

Item06

懸賞卡

稀有度普通 ★☆☆

效果

指定對象士兵首級做為獎金增額之項目。殺死指定士兵且獲勝的隊伍，即能得到一千萬元的增額獎金（國王死亡時所發動的殉死裝置則不列入此）。

Item07

停戰卡

稀有度普通 ★☆☆

效果

全員在一小時以內回到基地房中，且限時十二小時不可外出。若在一小時內未回到基地房之人即處決。

Item08

聯合勝利卡

稀有度稀少 ★★★

效果

雙方隊伍共同勝利。獎金平均分予兩隊伍，但獎金額減為原獎金之十分之一。

Item09

傭兵卡

稀有度稀少 ★★★

效果

可雇用傭兵一名。為十三支會所提供之男性，初期無裝備。

Item10

投降卡

稀有度稀少 ★★★

效果

承認己方敗北。使用此卡之人也不會被處決，但賞金還是敵方隊伍所有。

Item11

死神卡

稀有度稀少 ★★★

效果

可處決對象士兵一名。

Item12

交換士兵卡

稀有度稀少 ★★★

效果

使用此卡之國王可指定己方及敵方任一名士兵互換所屬隊伍。遊戲將會停戰一小時，在此期限內，其他成員也不得干涉或阻礙被指定之士兵的行動。

Item13

除隊卡

稀有度稀少 ★★★

效果

使對象士兵被除隊。被除隊的士兵不受遊戲勝敗處分，即使遊戲尚在進行中，也能與遊戲大師取得聯繫，並在遊戲結束前提前離開區域。

「有什麼好的策略嗎？」

「現在沒有，情報太少了。總之先從確認卡片項目開始吧，遊戲大師也說了有十三種卡片。」

「也是，或許除了『聯合勝利卡』以外，還有其他能發揮效用的卡也說不定。」

惠一朝螢幕顯示的項目做點選，畫面隨即切換到卡片種類上。看起來像是卡片的外觀設計，有互擊的雙劍還有拿著巨鐮的骷髏等油畫圖示。

「這圖畫得好厲害……」

「圖不重要啦，比起那個應該先確認卡片的效果吧！」

「嗯，說得也是。」

惠一從上開始確認橫寫在旁的文字。

他將內容重複讀了好多次，一旁的五十鈴也湊近螢幕，嘴巴一直在動，似乎正在背卡片的內容。

「什麼嘛，沒用的卡片也真多。什麼『全滅卡』、『獎金減額卡』，就算找到也不可能使用啊。」

「為什麼要做這種卡？」

「我看是不想付獎金吧？」

「但是使用『懸賞卡』的話，十三支會那群人要付的獎金就會增加了。」

「說的倒也是。總之先確定有哪些可以用的再說。『死神卡』、『傭兵卡』、『除隊卡』，這些看起來還可以。」
「我們只要平分獎金就好了，五十鈴同學。」
「我知道。不過如果能使用『死神卡』殺了黑崎百合香，我們隊伍就會變得有利了啊。」
「如果我們真的使用的話，當對方也拿到『死神卡』一樣會對我們使用喔。」
「的確是。還是不要下這麼危險的賭注。這麼一來還是好好針對平分獎金來討論作戰策略才是。」
姬子忽然打斷了站在末端裝置前，一直不停對話的兩人。
「卡片效果什麼的，我不是很了解，先跳過啦。先看一下道具項目，那個我才看得懂嘛。」
「傻子嗎妳？如果不先熟知卡片的效果，等到對方使用的時候就糟了，妳也該好好背！」
「那交給惠一跟五十鈴就好了啦，我又不是動腦派的。更何況道具項目也是一樣重要啊，如果連槍也可以買的話不也慘了。」
「說得也是，道具我們也確認一下好了。」
為了平息兩人的爭論，惠一開口道。接著姬子笑說。
「真不愧是惠一，能夠理解我說的話，跟五十鈴就是不同啊。」
五十鈴冷冷地望向笑得正開懷的姬子。

「哼，隨便。反正我也全都記下來了，況且我對道具也有點興趣是事實。」

「那我要關了嘍。」

惠一關掉了卡片項目的視窗，點選了道具項目的圖示。畫面隨即出現許多各式各樣的道具名稱。這裡的畫面並沒有照片圖案，右下角倒多了一個下一頁的按鈕，應該是無法一頁列完的緣故。

「喔！果然可以買槍嘛。只要有了這個，對方就不敢攻擊過來了吧？」

「妳好好看一下，手槍的價錢是兩千枚金幣，我們根本就買不起啊。」

五十鈴輕敲姬子的頭。

「啊、真的欸。話說武器還真貴，連小刀也要五十枚金幣。」

「手榴彈十字弓，日本刀斧……烏頭鹼，我記得是毒藥來著。」

「還有電鋸欸，不過看起來有點重。」

「電鋸也能當武器？」

「五十鈴不知道嗎？還有這系列的恐怖電影呢！拿著電鋸的殺人魔到處追人跑的電影。欸，那個片名叫什麼來著？」

「那一點也不重要，反正對我們來說太重了無法使用。」

「但是搞不好對方的國王就能使用，例如身材與惠一不同，體格很棒之類的。」

「嗯……那也是有可能，畢竟雙方國王的照片都沒有公開。」

姬子和五十鈴用著打量的眼神看向惠一。

「別看我了，還是先來確認道具吧。」

「什麼嘛。惠一看起來很不習慣被女生盯的樣子。難道惠一沒有女性朋友嗎？」

「因為我不常跟女生說話。」

「喔？你的臉還算是好看的欸，只是太瘦了點，拉低了分數。」

「男生的話，比起外表重要的應該是內在吧。不過惠一的性格看起來也是滿黑暗的……」

對於姬子的言論，惠一癟起嘴來。

「好了，比起我的事情先確認道具啦。除了武器之外應該還有其他東西。」

「真不配合欸，惠一。算了，只好認真確認嘍。」

姬子搭著惠一的肩膀，用力靠在他身上並盯向螢幕。

「很重啊，姬子同學。」

「跟女生說很重是很失禮的欸！第一、我的身高有一百六十八公分，稍微重一些也是沒辦法的事啊！」

「沒時間讓你們調情了啦。道具項目可是有好多頁，就算不用全背下來也要全部看過才行。」

「我知道了。」

惠一一邊在意姬子的觸碰，一邊將視線轉向道具項目裡。

頁面的一開始是武器類，之後並列的都是雜貨。

有看起來派得上用場的手銬、打火機、無線電收發機等，也有幾乎是沒什麼用處的捲尺跟攝影機。

「喂，既然可以買到手銬跟繩子，用這個抓敵方的士兵覺得怎樣？只要五個都被我們抓到，對方也只好選擇平分獎金了不是嗎？」

姬子指著螢幕向五十鈴尋求同意。

「雖然是好方法，但是手銬跟繩子都是抓到以後使用的東西，那沒有抓到的話，辦法就沒有意義啦。」

「啊、這樣啊。我還想說是個好方法呢。」

「不過妳的想法沒有錯。最主要就是讓對方認為自己處於不利的狀態，轉而考慮平分獎金一事。這樣就會變成我們雙方共同找尋『聯合勝利卡』，只是……」

「只是什麼？」

惠一向停下說話的五十鈴問道。

「只是如果變成對對方有利的話情況就麻煩了。單就現在來說，對方也已經有了黑崎百合香這只最強的棋子。」

此時的惠一，背不知道被誰觸摸到，轉身一看才發現春香把手放在他的背上。

「惠一同學，我認為我的妹妹夏美也會向對方提出平分獎金的事。」

「呃？為什麼妳會知道？」

惠一目不轉睛地看著春香。不知是否她終於冷靜下來了，從她迎面的視線裡感覺得到雙眼中的理性。

「其實在參加這遊戲前，我和夏美做了一個約定。如果我們被分在不同隊伍的話，就互相提出平分獎金的事。」

「原來是這樣啊。那現在對方他們應該也在討論平分獎金的事吧？」

「你們會不會想得太簡單了？」

「為什麼要這麼說？五十鈴同學。」

「春香的妹妹在我們被關的房間裡就曾歇斯底里過，我不覺得那樣的妹妹能夠說服其他人。特別是那邊還有個城府極深的野野村琴美。」

「妳說的野野村琴美，是那個戴眼鏡的雙馬尾女生？」

惠一想起了野野村琴美的情報欄上寫著，偏差值（註7）八十。

「沒錯，那傢伙早就收集好情報。稍微分析一下戰力就會告訴大家現在是處於有利的局勢吧。接下來就等國王久流魁人來下判斷，所以我看還是不要想得太簡單比較好。」

五十鈴所說的話讓春香低下頭緊咬住下唇。

也許是知道了五十鈴的預測也不無可能吧。

註7 偏差值：指的是相對平均值的偏差數值，在日本做為評估學生的智能及學力的一項準則。

「春香同學為什麼參加這個比賽？」

被惠一這麼一問，春香臉上馬上浮現出自虐般的笑容。

「因為想要和妹妹一起逃離叔父的家。」

「叔父……？妳的父母親呢？」

「一年前遇上交通事故去世了。現在是和妹妹一起住在叔父家。」

「是跟叔父的關係處得不好嗎？」

「叔父似乎是很中意我們。」

「既然如此那為什麼？」

「中意的意思不太一樣，你不懂嗎？」

「呃……」

「我叔父會編各種理由進來我們的房間，連洗澡也會偷看，內衣也曾不見過。上個月我妹妹還差點被侵犯，當時似乎是頑強抵抗才讓叔父放棄的。」

惠一不知道該說些什麼，只好無言地低下頭。

在春香的眼裡，似乎也在責備著與她叔父一樣身為男性的自己，這讓惠一感到有些無地自容。

「這樣下去不知道何時還會再被侵犯，所以我們才考慮存錢搬出去，兩個人一起生活。」

「因此才參加了這遊戲啊……」

「嗯，如果兩人都是在同個隊伍就沒有問題。若是被分到不同隊，那就一起提議平分獎金，一起拿一百萬。這樣兩人加起來也有兩百萬，只要有這些錢就足夠租間公寓。所以我想我妹妹一定也會努力地說服對方的國王。」

「我想會的。」

「或許真的是那樣的話運氣就很好。但是無論如何，我們都要先做最壞的打算再去行動才對。要祈禱還是要那樣認為，都隨便你們，現在最主要的是要先讓我們處在有利的局勢。」

五十鈴指著螢幕上顯示的『下一頁』按鈕。

「快點選下一頁吧，惠一。時間是不等人的！」

被五十鈴催促的惠一點開了道具項目的下一頁，成排的食物名字隨即出現在上頭。

「這一頁是食物啊。漢堡、飯糰、三明治、營養保健食品……連巧克力也有。全部好像都只要一枚金幣就可以買到。」

「這麼說我們有六人，每一次吃飯就會花費六枚金幣嘍。」

「沒錯。也可以為了節省點，買五人份的食物分給六人。不過那晚點再考慮也行，先點下一頁再說，後面好像還有。」

接下來的頁數是服裝目錄。有迷彩衣、防護衣等等與戰鬥有關的衣服，也有日常用的睡衣及內衣。男生的衣服數量似乎比較少但項目裡也還是有上載。

「這頁也是一堆只要一枚金幣就可以買到的東西。」

「是啊，不過這些項目也不太重要，衣服只要制服就夠了。」

「說到這，五十鈴同學，妳們都穿一樣的制服呢。」

「好像是特地為了這遊戲而設計的，那群傢伙也太執著了，真是的。」

「原來如此啊，我完全沒注意到。」

「因為男生是普通的白襯衫配褲子嘛。我看這也是為了配合十三支會那群色老頭的癖好吧。」

五十鈴作嘔般地道。

道具項目的最後一頁是醫療用的相關藥品。

有消毒繃帶、止痛藥和安眠藥等陳列在裡頭，若支付一百枚金幣的話似乎還能請醫生來診療。

惠一將視窗關掉回到原畫面。

「惠一想到什麼好策略了嗎？」

「還沒辦法馬上想到，畢竟也都還沒看過區域的樣子。」

「說得也是，也要先做好實地的確認。」

「五十鈴同學呢？」

「只要是具備好條件，就算對方的鬥意十足，我也想到了能確實實行平分獎金的方法了。」

「真的！那是什麼方法？」
全部人將視線集中在五十鈴身上。
「就是利用卡片組合。」
「卡片組合是什麼意思？」
「我來解說一下。惠一知道如果想要平分獎金的話該怎麼辦吧？」
「就是找出『聯合勝利卡』？」
「沒錯，但是『聯合勝利卡』是稀有卡片，要找出來很難。遊戲大師是這麼說過吧？再者，如果找到卡片前敵方來襲的話，那就一點意義也沒有了。」
「難道妳是要用『停戰卡』？」
「答對了！『停戰卡』的效果是十二小時，並且在此時間內是禁止進出區域的，這麼一來對方就無法攻擊，也就不會有傷亡了。」
「啊……等一下，我記得使用『停戰卡』的話就必須在一小時內回到這裡，那這樣就無法找『聯合勝利卡』了啊。」
「還是有一小時可以找，不過這不是真正的目的。」
五十鈴露出皓白的虎牙冷笑。
「哎唷~不要再賣關子了啦，快點告訴我們啊，五十鈴老師。」
姬子故意以嘲弄的語氣插話，但五十鈴無視她繼續道。
「我真正想的是要狙擊他們的軍糧！」

「狙擊軍糧是指斷了他們的糧食嗎？」

「沒錯，以現階段來看，我們占上風的就只有金幣的數量而已，那麼乾脆就利用這點。」

「怎麼用？」

「使用『沒收卡』。如果使用了這張卡片，雙方隊伍就必須繳交五十枚金幣。付不出來的隊伍就無法使用卡片也無法購買道具。連帶食物也一樣！」

「啊……」

「敵方隊伍已經在競標上花了一百六十八枚金幣，所以剩下一百三十二枚。這樣看來只要使用三次『沒收卡』對方就會破產。反之，我們這方還完好擁有三百枚金幣，到時還會剩一百五十枚，完全充裕！」

「但是如果實行這個作戰，會不會有人餓死呢？」

「惠一真是擔心太多了。就算三、四天不吃飯人也不會死的。如果時間拖得比較久，我們再分給他們食物就好。況且，這也是為了我們保命的重要策略。」

「削弱對方的體力讓他們無法攻擊嗎？」

「也算是，但最重要的是要讓他們無法使用卡片。而『沒收卡』的效果就可以達到這目的。這樣就算他們得到了像『死神卡』這類稀有的強大卡片也使用不了，妳說是不是很棒的策略啊？姬子。」

「為什麼要指名問我？」

面對五十鈴意味深長的話語，姬子嘟嘴道。

「『死神卡』的效果可是可以處死對方一名士兵喔。如果說國王無法用這張卡來殺死，那敵方隊伍得到這張卡的時候，妳覺得誰會被鎖定？」

「不會是……我吧？」

姬子指著自己的臉。

「野野村琴美一定會向久流魁人說要殺了妳，畢竟妳是劍道部的主將，又是縣大會的冠軍嘛。」

「這麼說，我的確跟野野村琴美說了很多呢。現在仔細想想真是失敗啊！」

姬子雙手抱頭不停地左右搖著。

「惠、惠一！我們就照五十鈴的計畫做吧！這樣最好了！」

「嗯，雖然對敵方過意不去，但我想這是最有可能讓大家都能存活的方法。春香同學也覺得這樣可以嗎？」

惠一才向春香詢問，她馬上點頭。

「我想夏美也有相當的覺悟了，只要目標是為了平分獎金，那麼我沒有其他意見。」

知道了大家並無反對意見後，五十鈴隨即示意地拍手開口道。

「好，那麼先來決定一下簡單的方針。首先，等到房間的門一開，六人就一起去探索。只要找到三張『沒收卡』就可以連續使用讓敵方資金變成零。之後再使用

『停戰卡』賺取時間，並在期間內趕緊找出『聯合勝利卡』就作戰結束！而敵方應該也會因為身處不利的狀態下，轉而選擇平分獎金。」

「如果能順利找到卡片就好了……」

「惠一真是個悲觀的傢伙欸，『沒收卡』跟『停戰卡』都是普卡，我想應該還算是滿好找的，只是多少還是要取決於它的藏匿方式就是了。」

「這麼說沒有實地看過就不知道了。」

「是啊，長四百公尺，寬八百公尺，可算是相當大的區域。」

「說到這，五十鈴同學來這裡的時候有看到什麼嗎？」

「我只有從狹窄的通道走來，最後搭乘一個小電梯。」

「那從電梯出來後呢？」

「之後大概走了二十公尺後就到這房間了。我想這大概是大樓中的某個房間，只是不知道是幾樓。」

「那是指我們會在大樓裡戰鬥的意思？」

「是有可能但我也不知道，不過想那個也是沒用啦。」

「說得……也是。」

惠一將視線轉向螢幕，確認右上角的電子計時器正顯示兩點五十分。算起來也討論了將近兩個小時，但惠一卻覺得連一小時都不到。

「還有三個小時啊……」

「趁現在看是要吃飯還是睡覺，不然門打開了以後，搞不好吃飯睡覺的時間都沒有。」

「五十鈴同學有什麼想吃的東西嗎？」

「不、雖然說不吃不太好，但我想還是算了。」

五十鈴一臉鐵青地搖頭。任誰都看得出她是因為想起了雪村那由被處刑一事。不過惠一他們也一樣沒有食慾，所以眾人一致決定補充睡眠。她們將疊放在角落的毛毯整齊地橫鋪成列，並聽從五十鈴的指示讓惠一使用最裡面的毛毯。

因為找不到房間的關燈鈕，惠一索性將橘色的毛毯蓋住頭部直接橫躺上去。只是腦袋一片清醒讓他睡不著覺。不知其他的少女們是否也跟他一樣，身邊傳來多次毯子摩擦的聲音。惠一把頭伸出毛毯外，一旁便是躺在毯子上的沙織。她正望著天花板發呆，蓋在身上的毛毯規律地上下起伏。

忽然間，惠一意識到自己正和同年齡的少女們睡在同一間房裡，為了掩蓋自己發紅的臉，他轉向水泥牆的那一面。

「還有其他更需要想的事吧……」

惠一用著誰也聽不見的音量小聲嘟噥。想到自己竟然身處攸關性命的遊戲中，還去意識到其他異性實在有夠蠢，只好閉上眼睛拚命地讓自己專注於睡眠。

就在惠一逐漸失去周遭意識的時候，身後傳來少女們的低語，不知道是誰的聲音但是似乎在討論什麼。

「……有了，在洗手檯的下面。」
「太好了……那就安心了。」
「……因為惠一在的關係……」
「我知道……」
聽起來像是自己不該聽到的內容，惠一只好繼續假裝自己已經睡著了。

不久之後，有人輕輕碰了惠一的肩膀。
「惠一，你起來了嗎？時間差不多了唷。」
惠一一睜開眼就看見沙織的臉。
「有稍微休息到嗎？」
「一點點。沙織同學呢？」
「老實說完全睡不著。還是會不小心想到一些事。」
沙織一臉蒼白地露出不自然的笑容。在她身後五十鈴正在操作末端裝置，看來大家都起來了。
「門就快要打開了，注意一下，雖然敵方應該還不會那麼快來襲。」
所有人的臉上都蔓延著緊張氛圍，視線全集中在金屬大門上。
幾分鐘後，喇叭傳來了遊戲大師的聲音。
『早安啊各位~現在的時間是二月十四日的六點零四分。準備即將要打開基地房的大門嘍！西邊的隊伍跟東邊的隊伍，就請你們好好享受遊戲的樂趣吧！』

隨即，大門處傳來金屬的交錯聲，惠一正要上前就被五十鈴拉住衣袖阻止。

「惠一的位置在最後面。姬子，拜託妳了。」

姬子豎起拇指後便將手放在把手上。她靠近門與牆壁的分界窺視，然後輕輕地滑開門。一股冷空氣從門外昏暗的走廊透了進來。

「外面好像沒有人，現在怎麼辦？」

「有電梯的地方是在哪裡？」

惠一站在最後面朝姬子問道。

「啊，惠一不知道嗎？那就往那方向走走看好了。」

「嗯，我有點在意一些事。」

「你在意的是電梯嗎？那只是普通的電梯而已，稍微小了點就是了。」

姬子一臉無法理解地回道。

「不是的，妳說的那電梯能通往妳們被關的圓形房間對吧？所以我才在想，會不會從那房間也能通往對方的基地呢。」

「你意思是說能從那找出敵方的基地？」

「嗯。還有雖然不希望這麼想，但如果對方搭電梯來襲擊我們那可就麻煩了。」

「如果他們真的那樣做了，我就會埋伏等待，統統把他們抓起來！」

姬子露出牙齒，將指頭拗出了聲響。

大約在距離二十公尺處，惠一他們發現了電梯，但是按了按鈕卻毫無反應，看起來電源應該是被切斷了。不管姬子如何使勁推動，電梯門就是不動如山。

「看來十三支的那些人不會讓電梯正常運轉，不然就無法讓遊戲變得有趣了吧。」

「那個，姬子同學。妳搭電梯的時候是從下面搭上來的，還是上面搭下來的？」

「從下面搭上來的啊，感覺搭得滿久的，倒讓我頗意外的。」

「這麼說來，那個圓形房間就是在底下嘍。」

惠一伸手摸著電梯堅固的大門，金屬的冰涼感透過手掌傳來。

既然十三支會的目的是要看兩方交戰，除了電梯以外，應該還有其他能讓雙方隊伍相互接點的地方。

「總之先找找看樓梯吧。既然有電梯的話，應該也會有樓梯才對。」

一行人一邊警戒著周遭，一邊朝暗廊走去。房內雖然有幾扇門，但每個都被鎖上沒有辦法打開。

走廊的盡頭有一個狹小的樓梯，姬子先打前鋒下去，樓下是和剛才一樣的走廊。根據這樣的構造，大概能想像出這裡是在大樓的裡面。接著他們又下去一層，樓梯就沒了。

「這裡是一樓嗎？」

「看起來是。那圓形房間應該是在地底下吧。我們先找出這大樓的出口好了。」

五十鈴一邊用指頭劃過滿是灰塵的牆壁，一邊警戒地看著走廊深處。

「如果這跟普通的大樓構造一樣，就應該會有正門才對。走吧！」

在昏暗的走廊裡，一行人大約走了三十多公尺，很快地便找到了正門。那裡有個像接待處的地方，門口的玻璃大門上透著白光。姫子小心謹慎地注意四周並朝大門前進，她穿過玻璃確認外頭後便將門打開。一片白光瞬間遮蓋惠一的視線，等到光影逐漸散去，出現在眼前的是整排的灰色街景。

有那麼一瞬間，惠一以為自己逃離了閉鎖區域，但是來回巡視靜謐的大街後，他發現這是一個假的街道。

既沒有人也沒有車輛行駛，沒有任何動靜與聲音。大樓底部如同廢墟一般，許多的窗戶皆是破損狀態，牆壁部分崩壞，房間也有剝落的地方。大樓的頂端可以看見一個巨大圓柱體，與顏色猶如陰鬱天空般的天花板接在一起。

環顧左右還會發現街道盡頭有著如同用刀子切下的白色牆壁。看起來這裡是被建造在某個巨大建築物裡的街景。

惠一察覺到這個廢墟街景就是遊戲大師所說的閉鎖區域。

「竟然為了遊戲特別建造這種地方。」

「大概不是。」

五十鈴回答了惠一的自言自語。

「你看看建築物的本體，每個都很舊了。應該是十幾年前就建造出來的地方。」

「那是為了什麼而建造？」

「這我就不清楚了，可能是地下避難所之類的。只是沒有使用過被擱置在這，然後十三支會的那群傢伙便把這當遊戲場所來使用吧。唉，不過為了這遊戲像蠢蛋一樣花了一堆錢也是事實。」

沙織抓向惠一的衣袖。

「惠一，那裡好像有個看起來像是地圖的牌子。」

惠一往沙織所指的方向望去，馬路的旁邊豎立了一塊牌子。

「說不定是這個街道的地圖，先去看看吧。」

惠一他們跨過荒廢的道路走近牌子，就如同惠一所想的，牌子貼了街上的地圖。地圖呈現橫長的形狀，有一部分建築物及設施的名字被標記在上頭。

「學校、醫院、警察局還有購物中心啊。」

「不過看起來沒有營業。」

沙織嘆息地用手指畫著地圖。

「你們看這個地圖，左半邊跟右半邊被用以顏色區分開來，該不會就是代表東區跟西區的意思吧？」

「看起來好像是，從中央的公園開始看，這裡似乎是東區。」

「嗯。是說這地方是長四百公尺寬、八百公尺的話，那光是東區長寬就有四百公尺了……」

惠一轉向地圖上所標示的學校方向。在許多小樓的盡頭有個看起來像是校舍的屋頂。

「我們先去學校的頂樓看看。如果從那裡的話，應該可以看得見西區的樣子。」

惠一的提議得到大家的贊同，於是一行人便前往學校。

一轉出小巷，就看見學校的校門。進入校門後有個小操場，枯萎的櫻花樹並排一旁。他們小心翼翼地注意四周並朝四層樓的校舍行進。

才剛打開校舍的玄關大門，纏掛在內側把手上的生鏽鎖頭馬上發出喀鏘一聲掉在地上。

他們跨過橫倒在一旁的鞋櫃，往最近的教室探索。裡頭的桌椅都被疊放在角落，黑板跟軟木留言板都沒有使用過的痕跡。不過滿是灰塵的地板上留有些許足印，表示在這期間也有人進來過這教室吧。惠一不禁想著這足跡的主人是否就是先前參加13遊戲的人呢？

他到底在這校舍裡做了什麼？是逃離敵方隊伍來到這的？還是追著誰來到這的？又或者是來探索道具跟金幣？那最後他怎麼了呢？答案是什麼，惠一永遠不會知道。

就像自己的未來會變成怎樣也是。

第二章

Twelve remainder

推開厚重的大門，惠一一行人來到了屋頂，外面還停格在施工中的樣子。正中央堆疊著許多為了防止跌落的鐵絲網，但上面幾乎生滿了鐵鏽。

惠一小心翼翼地靠近頂樓邊緣，從那裡可以看見整個市鎮的全景。先前看到的巨大圓柱總共有六根平均地聳立在地面。還有個像中央公園的地方能看見乾涸的噴水池。再過去應該就是西區，那裡似乎也是廢墟大樓，沒有人煙也沒看見有東西在動。就像是在一個巨大的白色箱子裡建造了一個假的城鎮，而裡頭只有惠一他們存在一樣。

春香站在惠一的旁邊呆望著西區的方向，隨後緩緩開口道。

「夏美就在那裡吧。」

「還在擔心妹妹嗎？」

「提議參加這遊戲是我，夏美明明就不想，而我卻……」

春香眼眶泛淚，身體微微地顫抖。

「不用擔心，對方最後一定也會跟我們一樣去找和局的條件，這已經是最安全的作戰策略了。」

「說得也是，謝謝你，惠一同學。」

春香擦掉臉頰上的淚，表情也緩和了下來。

突然，惠一的背被人戳了一下，他回過頭看發現小翼不安地站在後面。

「嗯？小翼怎麼了嗎？」

面對惠一的詢問，小翼僅無言地拿出一個木盒。

「這是什麼？」

「剛剛放在那邊水桶裡的。」

小翼指著屋頂上翻倒的水桶。

「在水桶裡……」

惠一接過手的是一個十公分大小的四方木盒，雖然小卻頗有重量。他在接縫的地方用拇指用力一撥，蓋子便馬上彈開，裡面放有一張金黃色黑外框的卡片。卡片的表面畫著許多鈔票從提箱裡灑落出來的樣子，下方的文字寫著『獎金減額卡』。卡片背面則是用明體橫式記載著卡片效果。

「這個該不會就是其中一張卡片吧？」

聽見了惠一的自言自語，五十鈴也跑到跟前。

「唉，沒用的卡，害我還期待了一下。」

「也不一定。情況不同或許能派上用場。」

「蛤？『獎金減額卡』的效果可是讓勝利隊伍的獎金減掉一千萬欸？誰會用這種東西？」

「不，如果用了十三張『獎金減額卡』的話，獎金就會歸零，那麼我們也就沒有繼續鬥爭的意義。如此一來，在局勢不利的情況下使用也總比被殺好吧？」

「但也可能讓對方更火也說不定。」

「我想拿著也不會有什麼損失。而且也讓我們知道只要找出這種木盒就好了。」

惠一將手上的木盒秀給少女們看。

「我們就先來找這木盒吧。小翼也說這是在水桶裡找到的，或許藏匿的地方比想像中簡單。」

「也是啦，至少知道了卡片藏匿方式也算大功一件。」

「那麼我們就先在學校裡分頭去找吧，一棟一棟的找比較有效率。」

「那可不行。」

面對惠一的提議，五十鈴搖手道。

「你忘了對方可能會偷襲嗎？如果身為國王的惠一死的話，殉死模式一啟動，我們就全軍覆沒了。還是六個人一起行動比較好。」

「可是那樣效率會變很低。」

「沒辦法啊，這遊戲基本就跟將棋一樣，只要王被擒走就輸了，所以不用穴熊戰法不行。」

「什麼是穴熊戰法？」

「將棋裡包圍的一種方式。就是在王的周圍擺滿己方棋子，令對方無法攻擊。運用在十三遊戲上的話，就是身為士兵的我們好好地待在惠一旁做好護衛的工作，以防敵人來襲的意思。」

「就算對方鬥志滿滿，但會那麼快就來攻擊我們嗎？」

「誰也無法斷言吧。既然如此我們就應當保持警戒，畢竟，這遊戲可是無法讓你存檔的。」

五十鈴用著狩獵般的眼神看著西區的方向，惠一也像是被吸引般一同望去。只是西區並沒有任何動靜，但敵方確實在那裡。想必對方也正在找卡片吧？又或者正在進行其他行動呢……

一行人從屋頂下樓後，就從四樓的教室開始尋找。雖然最理想的是兩方一起找出『聯合勝利卡』。不過既然知道其他卡片也有防止戰鬥發生的效用，加上遊戲大師的說明如果是真的，那就還有其他道具被藏匿其中，搞不好裡頭也有保命的道具也說不定。想到這，惠一就對探索充滿了幹勁。但他們花了一堆時間卻什麼東西都找不到。堆疊的課桌椅中什麼也沒有，就連放在教室角落的打掃用具櫃裡也是空的。一行人只好一邊警戒著四周又來到第三層樓。第一間教室裡沒有桌子，只有像榻榻米般大的板子跟鐵管交錯疊放。

「欸，這個或許可以使用。」

姬子興奮的跑向鐵管的小山丘，她將上頭的灰塵拍掉後，便拿起一根鐵管擺出劍道的姿勢。

「唔，不行。太重了又不好拿。」

「沒有再輕一點的？」

「嗯——沒有欸。全部都同樣大小，如果再細一點短一些就好了。」

「姬子同學，如果有像竹刀一樣的棒子，妳就能防禦敵方攻擊了嗎？」

面前惠一的詢問，姬子拿起鐵管輕敲地面。

「叩」的一聲迴盪在教室裡。

「惠一聽過什麼叫劍道三倍段數嗎？」

「劍道三倍段數？」

「簡單來說，如果是和劍道初級者戰鬥，空手的程度如果不是對方三倍的話就贏不了，畢竟空手跟竹刀的攻擊時機還是差太多了。」

「這麼說就算是對方先攻擊，只要有竹刀的話還是可以打倒敵人對吧？」

「沒錯。老實說如果對方是女生，就算她是持刀攻擊也沒問題。」

「即使是黑崎百合香？」

一聽到黑崎百合香的名字，姬子的身體頓了一下。

「殺人魔黑崎百合香嗎……對方也殺了三個人，的確是個不得不注意的傢伙。但如果是正面迎擊的話還是可以輕鬆獲勝！就算對方持有武器，只要先擊手打落，再擊面將她打倒就好！不過竹刀威力太弱，最好還是能有木刀啦。」

「既然這樣，我們就找找看能代替木刀的東西。如果對方在知道姬子同學是劍道部的情況下，那麼只要有替代品，他們應該就不會襲擊過來。」

惠一的提案全員贊成通過。只是一開始本來打算拆掉桌腳，但沒想到卻意外的堅固難拆。就在此時，春香指著窗外的櫻花樹，十幾支枯萎掉的櫻花樹枝散落在操場，雖然遠了點但看起來有幾支可利用。

一行人決定結束三樓的勘查朝操場移動。總之先拿個武器放在身上也比較好。在眾人一一確認枯枝後，終於發現了一根大小適中的樹枝。惠一便爬上櫻花樹，利用體重的重量將樹枝漂亮的折斷，在下面等待的姬子馬上上前拾起。

「這個應該比較偏棍棒吧。用力敲打的話感覺好像會斷。」

姬子口中雖然抱怨著，但還是拿起樹枝來回揮舞，兩手握著細端不停的重複動作。

空氣中發出劃破的咻咻聲。

「只要讓對方看見姬子同學拿武器的樣子就好了，實際上不使用也沒關係。」

「畢竟這也只是為了防禦的武器嘛，不過為了使用上還是稍微加工一點好了。」

姬子將折斷的樹枝壓向地板，開始修整。

「對了，比起這個，現在幾點了啊？我肚子有點餓了。」

「大概十一點？沒有手錶我也不知道確切時間。」

五十鈴一邊注意著周遭，一邊回答姬子的問題。

「不然先回去基地一次。也差不多要吃飯了。回去後也買一個手錶放著也比較好。」

「贊——成！惠一肚子也餓了吧？」

被姬子這麼一說，惠一也感覺到自己餓了。明明看到雪村那由被殺的影像時，根本一點都不想吃東西，但現在身體卻希望能補充體力。

「那我們就先回基地吃飯，我想早一點吃也比較好。」

「我贊成。但是不建議直接回去。如果讓對方找到了我們的基地，就會很容易被襲擊。」

其他人想著五十鈴說的也對，便決定經過一條險惡的路再繞回去剛才的大樓。最後謹慎地關上大門才回到三樓基地。

一回到基地，惠一就馬上打開末端裝置的道具列。

「既然食物全部都只要一枚金幣，那隨便選擇都可以吧？那我要漢堡肉！」

姬子的雙眼散發出光芒般的站在一旁窺視。

「小翼想要吃草莓蛋糕……」

她指向草莓蛋糕的選項。

「喂喂，一開口就是甜點嗎？還不快吐槽她五十鈴！」

「為什麼我要吐槽？」

五十鈴對著姬子抱怨道。

「吐槽不就是大阪的文化嗎？」

「才不是文化咧！」

「心情不好？果然是因為項目裡沒有大阪燒的關係吧？」

「我只要飯糰就好。還有先說我不是因為姬子說了才這麼講，我們可沒有點選點心的錢喔，小翼。」

「小翼只要草莓蛋糕就好！」

「妳難道不會說『我』嗎？妳是小學生啊？」

「結果還不是吐槽了。」

姬子聳肩喃喃道。

惠一跟沙織還有春香也選擇了漢堡。他等到全部人都點完後便按下購買按鈕。喀嚓一聲，末端裝置傳來細微的聲音。看來點好餐後抽屜會自動收走金幣。螢幕裡顯示的錢幣符號也從三百減少到兩百九十四。

「這樣應該點好了吧。」

「我記得是從末端裝置裡的抽屜拿出來對吧？」

沙織踮起腳尖，將末端裝置上的把手拉開，但上頭被固定住完全動不了。仔細一看才發現上面閃爍著小小紅燈。

「惠一，看起來被鎖上了。」

「應該是料理做好還需要一些時間，再等等看吧。」

「說到這，他們是怎樣把料理放進抽屜裡的啊？」

「也許抽屜本身就是個小電梯也說不定。我之前有去過一家利用電梯把食物送到二樓的店。」

惠一想起了國小的記憶。那是一家兩層樓高的漢堡排專賣店。他們就是利用電梯從廚房運送食物上樓。小小的抽屜裡竟然能出現那麼多料理，讓當時年幼的惠一覺得就像魔法一樣。同時也好奇到底是怎麼變出來的，於是便問了母親志乃，之後才知道有這種運送料理的小電梯。惠一因此猜想，也許這就跟當時的設計一樣。

「我覺得這棟大樓的底層有人。」

惠一對著沙織說。

「你是說十三支會的人嗎？」

「也算吧，不過也只是遊戲大師所提到的那些工作人員。」

「戴著黑色安全帽的那群人對吧。」

「對，就是將沙織帶來這的人。或許還有其他人在暗地裡執行他們的職務。」

「做料理之類的？」

「也許呢。或是末端裝置的管理、攝影機的調整等等，感覺要做的事很多，有幾十個人在也說不定。」

「有這麼多的人都跟這種遊戲扯上關聯啊。」

沙織大大地嘆了一口氣。及肩的頭髮微微飄動，帶點哀愁的瞳孔照映著惠一的身影。

「如果他們真的在這棟大樓的底層，那下面除了圓形房間跟通道外，還會有別的地方？」

「嗯，廢墟的下面大概還有另一個空間，他們應該就是在那運作著遊戲。我想遊戲大師應該也在那裡。」

「十三支的頭兒們也一起吧。」

站在門邊把風的五十鈴轉向惠一說。

「頭兒是指那十三位有錢人嗎？那類的人應該都是用網路收看吧。我想這些攝影機也是為他們才裝的。」

「比起遠遠的觀戰，要看就是要到現場才刺激啊！也許他們還邊喝著酒邊期待我們互相殘殺的場面呢。」

「我才不會讓那樣的事發生。絕對不會。」

惠一緊握著拳頭，毫不猶豫地回道。

就在此時，末端裝置的抽屜發出喀噠一聲，上頭的小燈不知何時從紅色變成了綠色。惠一拉開抽屜，底板隨即垂直下折，下方馬上出現一個長方形的空間，中央處放著一個盛滿食物的白色托盤。

「喔！漢堡終於來了！快吃吧吃吧～！」

姬子壓著惠一的身體抽出托盤，嘴裡邊哼著古典音樂邊把托盤放在地上。

「五十鈴！小翼！裡面也有妳們的飯糰跟蛋糕喔！」

「我等下再吃，你們先吃吧。總要有個人把風比較好吧。」

「五十鈴真是太過小心謹慎了啦。那麼早，他們應該是不會有什麼行動的。」

「妳太天真了。如果對方想速戰速決的話，發動奇襲也是很有可能。難道姬子不知道13遊戲到目前為止的戰績嗎？」

姬子邊咬著漢堡邊說道。那誘人食慾的肉香也飄散其中。彷彿是被那氣味引誘般，沙織跟春香也伸手拿了漢堡，而小翼則是用塑膠叉子吃著草莓蛋糕。

「嗯？沒有聽說過。」

「那跟你們說明一下吧！這是我在日本橋被勸誘的時候所聽到的情報。」

五十鈴把視線轉向門口繼續說。

「13遊戲至今為止已經舉行了六次。在這之中有一次是全員生還平分獎金，我想大家都知道，但重要的是剩下的那五次。」

「結果都是怎樣呢？五十鈴同學。」

惠一打開手中漢堡的包裝紙，向五十鈴問道。

「第一次的遊戲生還者有三人。第二次則是全滅。第三次五個人，第四次只剩一人。第五次就是全員存活，到了第六次兩人。而遊戲所花的時間，最短兩小時，最長四十天。」

「兩小時……」

「雖然沒有提到倖存者是怎麼贏的，但只用了兩小時就結束遊戲看來，應該是其中一方突擊了對方吧。」

「怎麼那麼亂來。」

「雖然說亂來，如果惠一是想要贏得遊戲的話，我本來還想提議突襲呢。項目裡只要金幣五十枚就可以買一把小刀了吧？買個六把趁對方還沒統整好隊伍，一次襲擊也是個方法。」

五十鈴嗤之以鼻地笑著。

「這遊戲看似簡單卻很複雜。你可以買個武器一次突襲，也可以組合卡片攻擊。也有一人獨占獎金的方法。不過只有國王才能辦到就是了。」

「竟然有那種方法？」

「只要把敵方的國王弄到半死不活的狀態，再把自己的同伴全殺死。最後給予敵方國王致命一擊，這樣就會只剩自己倖存，不就能獨占獎金了。」

聽五十鈴這麼一說，剩下其他人馬上停下進食動作，表情有些尷尬地轉而凝視惠一。

「我才不會做那樣的事。」

「我當然知道。正因為惠一早就表明想要平分獎金我才敢這麼說。話說我想到一個即使是處於不利的狀態也能跟對方交涉的方法。」

「就算處於不利也行？」

「只要使用『全滅卡』就可以了。如果對方來襲，就威脅他們若進攻的話，我們就會使用『全滅卡』讓雙方都戰敗；我想這麼一來對方一定不敢輕舉妄動，畢竟一使用『全滅卡』全部人都會被處死。」

「啊……」

「而且全滅卡又是普卡，應該不難找，算是還不錯的方法吧。」

五十鈴勾起嘴角笑道。

「不過實際真的使用『全滅卡』的話就等於跟自殺沒什麼兩樣，所以算是虛張聲勢，就像核抑止力（註8）那樣。」

「……虧妳還真能想到那麼多作戰策略呢。」

「因為攸關自己的性命，會這樣想盡辦法也是理所當然的吧。對了，姬子妳吃完的話，換妳幫忙把風。」

在確認姬子吃完漢堡後，五十鈴才坐到其他人身旁。姬子則是交換移動到門口。五十鈴拿起托盤上剩下的飯糰後，轉而開始認真觀察起惠一的臉。

「怎、怎麼了嗎？五十鈴同學。」

「如果惠一的身高有兩百公分，體重有一百五十公斤左右的話，只要讓他們看一下你，敵方隊伍大概就會自動選擇平分獎金了吧。」

「什麼啊。原來五十鈴喜歡那種類型的男生啊？」

靠在門旁的姬子揶揄地道。

「不是喜不喜歡的問題，不過現在說這種假設的問題也沒什麼意義就是了。」

註8　核抑止力：使某人或某種事物停止的力量。常用來指軍事方面。

五十鈴朝著包有海苔的飯糰咬了一口。

用餐結束後，惠一買了一只手錶。送達抽屜裡的是一只日本製的電子錶，日期也一同標示在上頭。惠一確認了一下時間，現在正是二月十四日的十三點九分。距離門打開的時間已經經過了七個小時，但是在這之間卻只拿到一張卡片。也不知道這樣的結果到底算多還算少，令人有些不安。

假設現在對方已經拿到了五張能夠殺死敵方士兵的『死神卡』，那麼自己的同伴們都會被殺死，到時就只剩惠一一人，如此一來不用說要贏得遊戲，就連平分獎金也幾乎是不可能的。

——得快點找到『聯合勝利卡』才行……

惠一緊咬下脣，並將手錶的皮帶拉緊。

探索行動從學校的三樓再次展開。拿著樹枝的姬子當把風，其餘五人在教室內來回搜尋。不過三樓的教室裡並沒有發現任何東西，反而是小翼在二樓的教室找到了五枚金幣，就直接被人放在黑板的粉筆盒裡，沒有任何掩蓋物。

惠一檢視著從小翼那接過來的金幣，沉甸甸的大概有五百元硬幣那麼大，正反面都刻有貓咪的輪廓。

「為什麼是用貓咪的圖？遊戲大師的CG也是貓咪……」

就在惠一自言自語的同時，紗織悄悄地靠近。

「惠一聽過十二生肖的趣聞嗎？有關貓咪的故事。」

「啊、是老鼠向貓說謊那個嗎？」

「沒錯。就是老鼠騙了貓咪，說神明要確認十二生肖動物的日子往後挪了一天，所以才害貓咪沒有進到十二生肖裡的故事。」

「我記得就是因為這樣，貓才開始會追老鼠對吧？」

「嗯，我想這就是他們將貓咪列為第十三個動物，並把名字取為十三支會（註9）的緣由。如果人數是十二個人的話，應該就直接是十二支會了。」

沙織用手指輕觸惠一手上的金幣。

「不知在某處，十三支會的人也正看著我們吧。」

「嗯，畢竟設置了二十個以上的攝影機。」

惠一將視線轉向天花板，中間的螢光燈旁有個半球體的攝影機。

鏡頭方向正對著惠一跟沙織。

「竟然想要看人死亡前的樣子，真是瘋了呢。」

「話可不是那樣說喔，沙織。」

五十鈴的手還在桌子裡探索，一邊向沙織反駁道。

註9　十二支：日文的十二支意指為十二生肖。

「即便是在網路上也有一堆人在收看人死亡的影像，而擁有這類嗜好的人，在日本可是有幾萬人存在。」

「但是十三支會那群人所做的可是攸關人命！他們不是單純想看人死亡，而是故意要讓我們自相殘殺。」

沙織緊閉雙脣，直瞪著天花板的攝影機。而面對這樣的沙織，五十鈴僅拋予冷淡的視線。

「妳不也早知道會這樣，還是選擇參加遊戲不是嗎？」

「那是因為……」

「我們都是因為想要錢。而十三支會的那群人想要看未成年的少男少女互相殘殺，這才有了13遊戲的出現。僅僅就是這樣簡單罷了。」

五十鈴從抽屜裡取出一枚金幣，丟給惠一。

「這個遊戲的規則的確讓我們很有可能會自相殘殺，但並不是絕對。那麼把目標放在平分獎金，讓期待我們自相殘殺的那群傢伙失望不也挺有趣的？」

全部人都將視線集中在天花板的攝影機上。攝影機的旁邊有個看似麥克風的裝置，所以五十鈴所說的話對方應該也聽見了。

惠一想起了貓咪人力中心的蒼野所說過的話。他提到十三支會裡也是有希望能和平結束遊戲的人存在。但若對方真的討厭殺人，就絕不會跟這遊戲扯上關係，所以她也只是抱著觀看感人電視劇的心態在觀察我們吧。一想到這，惠一就有股想要砸壞攝影機的衝動。

「惠一，你在想什麼？還不快移動到下一間教室。」

五十鈴拍了惠一的肩膀。

「就算有姬子把風，你也不可以一直發呆啊，如果惠一一死，我們全部也會跟著死。」

「嗯，我知道……」

惠一拍拍雙頰，便朝下一間教室前進。

一行人在學校的二樓只找到金幣，不過在一樓類似教職員室的地方找到各式各樣的東西。春香在層層夾板中找到了看起來滿堅固的繩子，沙織則是在桌子抽屜裡發現了筆記本跟鉛筆，還有小翼又找到了一個裝有卡片的木盒，被人用雙面膠帶貼在桌子抽屜的下方。惠一將木盒打開，裡頭是一張畫有月亮高掛的夜空以及類似旅店的建築物的卡片。畫的下方寫著『停戰卡』。

這是五十鈴所想的策略裡所需要的其中一張卡片。利用『沒收卡』奪走對方軍資，再用『停戰卡』讓他們十二小時停止戰鬥。這麼一來無法使用卡片、也無法外出探索、更沒有錢買食物的情況下，只好把目標轉移到平分獎金。雖然現下只有一張，還無法實行作戰計畫，但這麼快就找到其中一張，對他們來說算幸運了。

接著他們離開了學校，往隔壁的三層樓公寓移動。這裡比學校破損的還要嚴重，房間幾乎不見有門。

走進一樓裡頭也只有破掉的玻璃碎片散落在地，不見家具及任何生活用品。惠一試著轉開廚房生鏽的水龍頭，也沒有水流出來的跡象。整棟公寓裡飄散著無人入住、滿是衰敗氣息的氛圍。

和剛才在學校一樣，這裡也由姬子把風，剩下其他五人探索房間。由於房間是一間式，探索進行得很順利。一樓房間沒有發現東西，不過在二樓的房間浴室發現了三枚金幣跟一捲膠帶。春香便把金幣跟膠帶放入用窗簾做成的包包裡。之後確認完三樓後再也沒發現像樣的東西。惠一擦拭臉上的汗，確認了一下左手上的手錶時間。

「差不多要回基地了吧？也超過二十點了。」

「嗯？那麼晚了嗎？沒有天黑都不知道時間了。」

姬子望著全白的天花板說。頭頂上是六根聳立的柱子所支撐的白色天花板，看起來即便是天黑也不會有所變化。

「永晝的街道啊……」

「如果有夜晚就好了，這樣才比較知道時間的流動啊。」

「但天暗下來的話也容易被突襲喔，姬子同學。」

「啊，說得也是。的確，天暗下來被襲擊就糟了。不過正面迎戰我可是不會輸的喔。」

姬子用櫻花枝『啪噠』打向褪色的牆壁。

「我知道姬子同學是劍道社的主將很厲害，但多少還是要注意點，久流魁人可是個男的呢。」

「哼。如果久流魁人向我攻擊的話，我馬上就讓遊戲結束。把他揍到昏頭後，就看惠一是要殺了他還是監禁他，隨便你處置。」

「可是，久流魁人的情報並沒有寫出來，也有可能對方也會劍道或柔道之類的。」

「沒問題，沒問題。就算對方是男的我也不會輸。不過如果對方是五十鈴喜歡的高兩百公分、重一百五十公斤的話那就不行了。」

「不是說了不是我喜歡的嗎！」

五十鈴大聲地吐槽姬子。

一行人回到基地後，便使用末端裝置點選晚餐。惠一跟沙織選了飯糰，姬子跟五十鈴選了漢堡，春香跟小翼則是選了三明治。

最先吃完的五十鈴把先前從留言板上撕下的街道地圖，用膠帶貼在水泥牆上。

「今天的收穫是九枚金幣跟『停戰卡』及『賞金減額卡』各一張。再來就是繩子、鉛筆、膠帶了。」

「還有櫻花樹枝的棍子跟窗簾做的包包喔。」

姬子在門前揮舞著樹枝。

「也是。不過煩惱的是，這樣跟敵方隊伍比起來，到底算多還是少也不知道。」

「但是金幣的數量我們比較多吧？敵方一定也得吃飯啊。」

「沒錯。畢竟如果因為金幣少而不吃飯還真是本末倒置了。只是比起這個，敵方有沒有找到強大的武器跟卡片才是重點。」

「區域內應該是藏有武器的吧？雖然完全都找不到。」

「可能跟稀有卡片一樣少吧。如果隨隨便便就可以找到一堆槍的話，不就變成單純的互相射擊遊戲了，這樣一點也不有趣。」

「說到這，道具項目裡的槍不是需要兩千枚金幣才能買嗎？如果不想要淪為槍戰遊戲的話，一開始就不要把槍放入選項裡不就好了。」

「這也是為了讓遊戲變得有趣啊。」

「妳說的話有矛盾喔，五十鈴。」

「我可沒矛盾，遊戲就是要有越多的勝利方式才會顯得有趣。存錢買強力武器來贏得比賽也是一種戰略。」

惠一靜靜聽著五十鈴的話。的確，如果能得到手槍那樣強大武器的話，要贏就變得很簡單，或者還能藉此威脅對方讓他們喪失戰鬥的意志。

反之，如果是對方拿到，也許就會一口氣攻來東區也說不定。

就算姬子拿著類似竹刀的武器迎戰，也不可能贏過手槍。只要對方想要勝利，肯定會攻擊過來的吧。

「若是想要平分獎金，一定要比對方處在有利的狀態下才行吧。」

「你終於開始懂了啊，惠一。雖然我們作戰主要是放在狙擊軍糧，好讓我們處在有利的位置，但若是拿到槍的話，也可以用脅迫的方式讓我們站在有利立場。例如在我們找到『聯合勝利卡』以前，不准他們走出基地，如果看到一律格殺勿論。」

五十鈴一邊用手指著街道地圖一邊回道。

「反正不管是哪種作戰，探索都是很重要的對吧。」

「除了突襲作戰以外，基本上大多都是先採取探索，再加以利用所找到的物品。只是我們一開始的目標就是平分獎金，這也讓我們處在不利的狀態。」

「是因為我們無法採用單純為了贏得比賽的策略？」

「就是那樣沒錯。對方只要讓情勢往己方有利的方向走，一步步贏得勝利就好。而我們之後卻還要把情勢導向平分獎金上。」

此刻五十鈴的表情，就像是被老闆拜託處理麻煩事情的員工一樣，不禁深深嘆了一口氣。

沙織輕輕舉起右手。

「如果向對方表明我們想要平分獎金會不會比較好？剛好也有筆記本，可以直接留言給西區。」

「我勸妳不要比較好。」

「為什麼呢？如果表示我們想要採取平分獎金的方式，搞不好對方會跟我們一起行動也說不定啊。」

「如果他們沒這打算那才更恐怖。假使對方知道我們一心只想著平分獎金，那麼他們也就不用擔心我們襲擊，能專心執行探索。六個人分別行動就比較容易能找到強力卡片，還有金幣跟武器也是。」

五十鈴的回答讓沙織垂下了肩頭。或許是知道五十鈴的意見也沒有錯，她看著手上的筆記本微微嘆息。

「不過思考各作戰方式也算是好事，國王也有什麼好的想法了嗎？」

面對五十鈴的詢問，惠一瞥了一下末端裝置。

「只有想到一個作戰策略。」

「是怎樣的作戰？」

「使用『停戰卡』。」

「這不就跟我想的狙擊軍糧一樣？」

「也算是一種助攻的小作戰吧。」

「不要再吊人胃口了，不能快點說嗎？」

「明天我們要連續二十四小時一整天探索。」

「那算哪門子的作戰啊？而且也太亂來了。我們的確是可以一整天不睡，但隔天為了補眠就只能睡覺，這樣能探索的時間結果不是一樣的嗎？」

「我知道。所以二十四小時探索過後，使用『停戰卡』讓我們能好好的補眠。」

「啊……原來是那樣的作戰。那或許是個不錯的辦法。」

姬子對著交叉雙臂頻頻點頭的五十鈴嘛起嘴。

「什麼嘛，只有五十鈴知道也沒用啊。好好說明啦，惠一。」

「妳還記得『停戰卡』的效果嗎？姬子同學。」

「是說……十二小時內無法在基地外的地方行動對吧？」

「沒錯。所以在這期間內，我們彼此都只能關在自己的基地裡，也就沒有辦法探索跟攻擊。」

「然後趁機好好補眠嗎？」

「這也是一點，還有另一點是要讓對方亂了計畫。」

「嗯？是什麼意思？我完全不懂。」

姬子鼓起臉頰，盤腿坐下，格子短裙下可以瞥見她健康的大腿。惠一把視線調開並繼續說明。

「所、所以假設正常來說，對方應該是以二十四小時為單位來行動。早上起來到街上去探索，一到晚上就睡覺休息。」

「我知道啊。就算在這裡不會有夜晚到來，但是人還是需要睡眠。」

「那如果在對方早上起來準備探索時，使用了『停戰卡』的話？」

「對方就無法上街也就沒辦法……啊……」

「沒錯，也就沒有辦法實行探索。雖然我們也一樣，但我們是探索了二十四小時，之後只要補眠就好。」

「反而對方是才剛起來，什麼事都無法做嗎？」

「嗯。我想對方大概只能在基地討論作戰方式。這樣既可以限制他們十二小時的行動，也可以讓我們在此期間好好的睡上一覺。」

「這的確是個好方法，五十鈴也這麼想吧？」

「我不是早說過了嗎！」

五十鈴發怒吼道，讓姬子連忙吐舌。

「不過，這樣就要使用掉好不容易找到的『停戰卡』了欸。」

「沒有關係吧。雖然『停戰卡』要連續使用才好發揮它的效用，但時間上分開使用也一樣，況且先試一次卡片也不是壞事。」

五十鈴指著末端裝置回答道。

結論是，惠一的提案獲得大家一致贊成，隔天開始實行二十四小時的探索。惠一將手錶鬧鐘設在隔天早上五點後，便交給五十鈴。

少女們也決定夜晚要輪流站崗。雖然惠一提議自己也要，但被五十鈴直接拒絕。

「這是士兵的工作，國王就是要好好的休息保持體力。」

惠一被推到鋪在最裡面的毯子上，被強制要求入睡。毛毯的另一方傳來少女們的聲音，聽起來應該是在決定把風的順序。
他閉起眼睛，深深地吸了一口氣。結果今天沒有看見敵方任何一人，對方應該也跟他們一樣探索了廢墟，只是不知道的是，對方有沒有將目標放在平分獎金上。
惠一不禁在意起久流魁人的事。西區的國王到底在想些什麼。
獲得黑崎百合香的確就能在戰力上有絕對優勢，但對方應該也懂得資金方面是惠一他們占上風才對。
再說，論戰鬥力，劍道部的姬子又是其中最優秀的，如果有考慮到這點，應該會察覺最安全的策略就是共同平分獎金。只要各自分別在東區跟西區尋找『聯合勝利卡』，找到後再使用卡片便能讓十二名參賽者都存活下來。儘管獎金會減至十分之一，但除去危及自己性命的可能性才是重要的。
死的話，獎金什麼的都毫無意義了。
還在思考的同時，惠一感覺到自己的意識逐漸渙散，他想起昨晚幾乎沒什麼睡，仔細聆聽周圍，可以聽到少女們些微的呼吸聲。他本想起來確認一下現在是誰在把風，但卻撐不住眼皮，意識就這麼墜入黑暗之中。
一陣小聲的鬧鈴聲讓惠一醒了過來。他從毛毯裡探出頭，看見春香正在門前操作手錶，最後把風的應該是她吧。
就在惠一要起身的時候，沙織跟五十鈴也站起身來。沙織一邊用右手整理頭髮，一邊將睡亂的制服弄整齊，旁邊的小翼還揉著睏意的眼睛。
直到最後一直賴床的是姬子，她在五十鈴不停拍打臉頰後才好不容易爬起身。
「妳到底要睡到什麼時候？還不快點進入狀況，今天可是要連續探索二十四小時欸。」
五十鈴拍了姬子幾下腦袋便轉向惠一。
「惠一先用末端裝置分別點六份飯糰跟漢堡。」
「嗯？兩個都要吃嗎？」
「漢堡是晚點在街上時可以吃，一直回去基地也是很浪費時間吧？選漢堡的話有包裝也比較好拿著走。」
「欸！我早上也想吃漢堡——」
姬子拉著站在一旁五十鈴的裙子。
「一個一個點餐也太浪費時間。更何況要注意到，姬子從昨天就只吃漢堡，多少也要考量均衡飲食吧。」
「唔——我知道了。我退一百步，飯糰就好。」
「為了這點無聊事退什麼百步啊！」
五十鈴一副受夠的表情又一次用手刀敲向姬子的頭。
早餐一結束，惠一一行人馬上出發，他們一邊警戒著四周直出大樓玄關。廢墟的街道跟昨天沒什麼兩樣，依舊沒有人煙。

接著他們往北側的巨大牆壁行進，大概行進了一百五十公尺左右，道路就被阻斷，垂直的水泥牆樹立在前。高度應該足足超過四公尺，比旁邊陳舊的大樓還要高出許多。不管哪面都沒有像是出口的地方，只有平整的無機水泥牆向西延展下去。

「看來想要逃離這個街道是不可能了……」

站在一旁的春香抬起頭，望著巨大的牆壁喃喃地說。

「不用逃出去也沒關係。我們會贏得比賽平分獎金，然後堂堂正正地走出去。當然，另一個隊伍的夏美也會和我們一起的。」

惠一說的話讓春香不覺微笑。

「夏美……如果對方的國王也像惠一同學一樣就好了。」

「像我一樣？是指把目標放在平分獎金上嗎？」

「也算是，不過不只是那樣。惠一同學很溫柔，就連敵隊夏美的事也幫我考慮進來。」

「我還……不是很懂。」

「這也算惠一同學的優點吧。」

「惠一的優點就是傻啊，春香。」

五十鈴插入惠一和春香的對話中。

「妳說我傻是什麼意思啦。」

「安心啦，說你是個好的傻瓜。」
「我聽不懂，五十鈴同學。」
「就是不濫用國王的權利啊，我是指色的方面喔。」
「欸？色的方面是什麼意思？」
五十鈴冷冷地看著張嘴傻愣的惠一。
「我說惠一啊，你覺得我們為什麼會被選上13遊戲的？」
「被選上？這不是自願參加的嗎？」
「13遊戲可不是誰自願就可以參加的遊戲，特別是女生，外表可就很重要了。」
「妳說的外表是指臉或體態嗎？」
「沒錯。先別說我好了，春香和沙織也都是美人吧？小翼的長相跟體型也算是蘿莉控大叔會喜歡的類型，姬子的話不看內在，外表也是不差。」
「什麼嘛！什麼叫不看內在。五十鈴才是臉跟內在反差太大吧！」
姬子揮動木棒抗議說道，但五十鈴卻無視她繼續說明。
「總而言之就是這麼一回事。就連敵方隊伍的黑崎百合香為首，聚集的也全是美女。野野村琴美就像是個戴著眼鏡的大小姐類型，進藤紗希則是偶像派的。這些證據不都在顯示，一切都是為了取悅十三支會那群傢伙們，才選出來這些外貌姣好的參賽者嗎？」
「但是這樣跟濫用國王的權利有什麼關聯？」

面對惠一的問題，五十鈴嘆氣地搖頭。

「只要國王想的話，就可以坐擁美女後宮了不是嗎？在殉死模式之下又無法反抗，更別說是男生跟女生喔？單憑力氣想要怎樣都可以。再者先前也有發生過類似的事。」

「啊……」

惠一想起了遊戲大師說的話。

看著紅著臉的惠一，五十鈴聳聳肩又道。

「就是這個意思才說惠一傻啊。明明是可以為所欲為的國王，面對我們竟然連想都沒想。」

「可是在這種情況下根本不會想到這個吧。更何況還是身處在這個隨時會喪命的遊戲裡。」

「哦～意思是如果不是這種情況就會對我們出手嘍？」

「不、那……」

「不過呢，如果這樣做就能讓我方有利的話，要玩怎樣的後宮遊戲我都願意奉陪，是說道具項目裡好像還可以買花俏的泳衣跟女僕裝呢。」

五十鈴這麼說著，並露出一抹意味深長的笑。

一行人開始從旁邊的大樓開始探索。這棟大樓是由五層樓建造而成，整體呈現細長狀，每層樓都只有一戶，裡頭些微昏暗，空氣中還帶點霉味。只要稍微前進一步，散落在地面的玻璃碎片就會發出咯吱咯吱的聲音。

和昨天一樣，門口由姬子把風，剩下的五人在房內探索。也許是因為建造在地底的關係，不太感到寒冷，惠一的額上很快便出現汗水。

結束一樓的探索後，他們跟著移動到二樓，僅靠著窗外射進的薄弱光線繼續搜尋。結果花了兩個小時，只找到放在器材下的兩枚金幣。

接著由姬子打頭陣，惠一等人又前往隔壁的大樓。那是一棟四層建築的橫向大樓，裡面看起來有四十間以上的房間。

「看起來這棟大樓會頗花時間呢。」

「但也只能找了不是嗎？畢竟我們也不知道寶物到底藏在哪裡。」

五十鈴舉手拍向惠一的腰。一行人便從大樓一角的鞋櫃開始搜尋。

這次的大樓沒有任何一片玻璃破損，每一間房間都井然有序。桌子排列整齊，牆上也放置著書架，和剛才的大樓不同，沒有破碎玻璃跟器材的關係，讓搜索變得簡單許多。兩個小時後，春香手上的窗簾包包裡多了五枚金幣、繃帶、捲尺還有手電筒。雖然捲尺看起來沒什麼用處，但繃帶可以在受傷時使用，手電筒也能在昏暗的地方派上用場。裡頭的電池也能因應不同情況拿來挪用一下。就在一樓的探索即將結束，眾人準備往二樓前進時，小翼從女廁裡拿來一條破舊的抹布。

「小翼，那種破爛的抹布我們不需要。基地的洗手檯下還有很多乾淨的抹布啊，不需要什麼都要拿來啦。」
「不是的，才不是抹布呢。」
小翼對五十鈴的抱怨猛搖頭，並將捆成團的抹布遞給了惠一。
惠一把抹布打開，裡面有一柄長十公分的小刀。
「是小刀……」
「你說什麼？」
踩著一半階梯的五十鈴趕緊回來。
「還真的呢！這在哪找到的？小翼。」
「它就掉在廁所的掃除用具裡，用抹布包著。」
「唉……連這種地方都藏嗎？」
五十鈴一邊喃喃道，一邊認真檢視惠一手上的小刀。
「總之，這樣算是確定了武器也被藏在某處，也就是說對方也有可能找得到，不、搞不好已經找到了也說不定。」
「這個該怎麼辦？」
「惠一拿著吧。我想你該了解，如果對方來襲的話就殺無赦。因為大家的命都掌握在你的手裡。」
惠一無言的點頭。手裡的小刀正散發黯淡的光芒，那刀刃雖短但很有厚度，視情況而定還是能給予對方致命的一擊吧。

——我做得到嗎？即使是對方來襲？

忽然間，惠一感到手上的小刀變得沉重許多。這銀色刀刃會有染紅的一天嗎？而在那時，緊握著刀柄的那人，會是自己嗎？

二樓跟三樓的探索結束後，他們就在四樓的一間房裡停下來休息。

一群人坐在清過灰塵的辦公桌上吃著漢堡，從眼前的窗戶可以看見聳立其間、連著天花板的巨大圓柱。

很快就吃完漢堡的五十鈴走到一旁，透過玻璃窗開始朝外頭探視。

「妳看到什麼嗎？五十鈴同學。」

「不，沒有任何動靜。不過如果有的話，也一定是敵方隊伍的那些傢伙，這樣就糟糕了。」

「糟糕嗎？……或許他們也只是在探索啊。」

「從這裡只能看得到東區。如果說我們能看得到他們，就代表他們的目的並不是在探索，不然他們在自己區域探索不就行了。」

五十鈴邊抿著上唇邊移動視線。

「不過現在看起來，敵方士兵並沒有潛入，暫時沒問題吧。」

「既然如此，要不要把隊伍分成三人來搜尋？而且這裡也是四樓，我想應該不會有人來偷襲。這樣一來，探索也會比較有效率吧？」

「也是……呢。的確現在應該不會有什麼大礙，而且也希望盡量在二十四小時中能找到越多東西越好。」

「如果找到了『聯合勝利卡』就能早點結束遊戲的說……」

「畢竟是稀有卡嘛。不會那麼容易就找到，剛才找到的也只是普卡。」

「說到這，我們找到的是什麼卡片啊？五十鈴。」

站在房門口把風的姬子出聲問道。

「『懸賞卡』，妳應該還記得它的效果吧？」

「呃……是什麼啊？」

「就是將對方的士兵指定為懸賞目標，只要殺了被指定者並取得遊戲勝利的話，獎金就能增額一千萬元。」

「真不愧是五十鈴，記得可真清楚啊……欸，不過這張卡對我們來說沒用嘛！」

「我知道，這張卡是為了想要取得勝利以及賺取更多獎金的隊伍準備的。只是既然是普卡的話，還真希望是『停戰卡』或『沒收卡』。」

「算了，剛剛說分三人來探索，應該也把我算進去了吧？那麼就努力找出能用的卡片吧！」

姬子將最後一口漢堡放入嘴裡，拍著自己的左胸道。

結束休息後，他們分成三人一組繼續開始探索。

惠一、沙織還有小翼負責南邊的房間，五十鈴、姬子及春香則是負責北邊。與六人一起行動的時候不同，雖然搜尋每間房的時間增加了，但分成兩隊進行讓總計時數倒是縮短了。

過了下午五點，大樓的探索也結束，惠一等人便往隔壁超市移動。

他們在超市花了兩小時，接著又繞了三棟大樓，直到隔天清晨五點才回到基地。五十鈴跨過橫躺在毯子上的姬子走向末端裝置。

「惠一，睡前先使用『停戰卡』，這樣我們也能安穩地睡，對方也無法外出探索。」

「嗯，我知道了。」

惠一從口袋拿出『停戰卡』插入末端裝置裡。

螢幕隨即浮出『停戰卡』的圖像，旁邊顯示的是確認是否使用卡片的文字按鈕。惠一用食指點下確認的按鈕後，喇叭跟著傳來一名女性的聲音。

『現在，東區的基地使用了〈停戰卡〉，請各位參賽者停止一切戰鬥及探索，並於一小時內返回基地。之後的十二小時禁止外出。此外，若於一小時內未返回基地的參賽者將會被處刑，請各位多加注意。』

「這樣就可以了吧？」

惠一有些擔心地轉向五十鈴。

「應該吧。總之還有一小時緩衝時間的話還是先保持清醒比較好。從現在來看……到六點十八分為止。」

五十鈴指著末端裝置上顯示的時間。

「那趁現在確認一下拿到手的東西有哪些吧？」

「也是，一直發呆也沒什麼意義。」

五十鈴這麼說著，便把視線移向鼓起的窗簾包。

這兩天的探索他們總共找到四十九枚金幣。卡片方面都只有普卡，有兩張『停戰卡』，一張『懸賞卡』及兩張『獎金減額卡』。武器則找到了小刀跟警棒。其他還有手電筒和不鏽鋼製的掛鎖。

在探索行動中最活躍的就屬小翼，發現小刀，找到最多金幣，還有找出五十鈴作戰計畫裡需要的兩張「停戰卡」都是她。不知是否小翼在探索方面特別厲害，在其他人搜尋完的地方還是能找到金幣。每當她找到的時候，都會晃著她的雙馬尾跑去找惠一。就連一開始覺得小翼只是個顧東西的五十鈴，瞭解到她才是最有幫助之後也不吝於稱讚她。

「惠一，我們的金幣總共有三百二十三枚喔。」

將金幣全數放入末端裝置抽屜後，沙織向惠一報告上頭顯示的金額。

「謝謝，跟我們算的一樣。」

「嗯。我們找到四十九枚金幣，使用掉二十六枚，這樣扣除的話，增加了二十三枚，不知道是多還是少呢？」

「我想比起對方應該算多，就算我們找到的金幣數量相同，但對方在競標的時候已經先使用掉一些金幣了。」
「嗯，他們還有吃飯要支出的花費，也許錢又更少了。」
「你不用愧疚啊，惠一。」
五十鈴躺在毯子上鑽研著掛鎖邊答道。
「這遊戲到最後幾乎都會變成互相殘殺，如果連區區的斷糧都受不了要抱怨的話，那我可玩不下去了。畢竟我們不管處在多有利的狀況下，都還依然堅持要獎金均分欸。」
就在此時，末端裝置的喇叭傳來女性的聲音。
『還有十分鐘緩衝時間即將終了，請各位在十分鐘內趕緊回至基地。』
惠一確認了一下手錶時間，六點八分。
十分鐘之後，同樣的女聲再次響起，宣布緩衝時間終了，十二小時之內禁止任何人外出。也許是門被上鎖了，外頭還傳來金屬碰撞的聲音。
「這樣就有十二小時不會被襲擊，可以安心的睡了。」
「啊，睡前的飯呢？五十鈴。」
姬子雙眼閃爍著向五十鈴詢問。
「我漢堡就好，這裡的漢堡意外好吃呢！」
「那個醒來再說。我們沒有必要浪費金幣在睡前還特地吃飯。」

「蛤──吃飽比較好睡的說欸──」
「減肥不是很好嗎？剛好姬子也是我們裡面最重的。」
「那是因為我身高高好嗎！我才沒有胖呢！」
「反正起來才能吃飯。」
「嗚──我好難過。小姬子超級超級難過的！」
被五十鈴斷然拒絕的姬子故意裝哭撲倒在毯子上。
五十鈴無視姬子的抗議轉而朝向惠一。
「現在這樣應該讓對方浪費了許多時間，而且等待期間他們也會餓，照這樣看來又可以讓他們用掉更多金幣。」
五十鈴勾起嘴角，露出皓白的虎牙。
通過眾人討論，他們決定先睡個九小時。由於『停戰卡』的效果不用擔心會被襲擊，也就不需要有人把風，全員能一同入睡。連續二十四小時沒有睡覺的緣故，很快地就聽見好幾人的呼吸聲傳出。
惠一也用毛毯蓋住頭後順勢躺下。
原本惠一還打算想一下醒來之後的事，但腦袋打結讓他放棄了思考，決定先閉上沉重的眼皮，好好地安穩利用接下來安全的十二小時。
模糊的意識中，惠一聽見了少女們的聲音。他從毛毯裡探出頭，看見沙織正用著白色毛巾擦拭頭髮。

「惠一你起來啦，早安。」

「嗯？妳頭髮怎麼了嗎？」

「剛才大家輪流洗澡了。現在是姬子同學在使用，惠一要再等一下喔。」

「啊，沒關係，我只要洗把臉就好了。」

「這可不行，要好好清潔才對。反正還有兩個小時多也不能去哪。」

沙織說著便把新的毛巾遞給惠一。

「洗手檯底下也有準備好的毛巾。」

「謝謝。」

惠一接過毛巾，環視了一下房內。

春香和小翼似乎已經洗好澡了，頭髮都還是溼的。沒綁頭髮的小翼看起來像是另外一個人。

也許是察覺到惠一的視線，小翼一個轉身就跑到了惠一的跟前。

「惠一，今天也是找卡片嗎？」

「嗯，如果不找卡片就沒辦法繼續作戰策略呢。」

「我們要的是『停戰卡』跟『沒收卡』對吧？」

「為了順利進行計畫，當然希望能獲得，不過最想要的還是『聯合勝利卡』。如果找到的話就可以平分獎金，結束遊戲了。」

「那小翼幫你找出來，小翼大概知道卡片都被藏在哪裡了。」
「真的？」
「嗯！雖然卡片是放在四角木盒裡，不過不要那樣想比較好。要覺得是更小的東西這樣才會找得到。」
小翼漾著得意的表情繼續說。也許是開心自己能在遊戲裡幫得上忙，小翼忘我地不停說話，眼眸就如同寶石一樣閃閃發光。
「那個，惠一。」
「嗯？怎麼了小翼？」
「惠一有女朋友嗎？」
「什麼女朋友？」
「女朋友就是女朋友啊。惠一在學校有比較要好的女生嗎？」
「沒有喔，而且我也已經沒有在上學了……」
「那……平分獎金之後你拿到一百萬要幹麼？」
「大概在東京租個公寓吧。」
面對小翼突如其來的問題，惠一雖然困惑但也照實回答。
「小翼正在離家出走中，不過也在想回家一次看看，因為小翼不想再經歷可怕的事了。」
「嗯，那樣很好啊。」

「然後啊，因為小翼家住在埼玉，如果惠一要在東京租房子的話，小翼能去找惠一玩嗎？」
「呃？可以啊。」
「那遊戲結束後來交換郵件吧！」
一臉開心的小翼被五十鈴從後方輕敲了腦袋。
「妳在情竇初開個什麼勁啊，小翼。惠一也是，難道你喜歡小翼這樣的國中生體型？」
「小翼跟惠一一樣是高中生！才不是國中生呢！」
「但體型就像國中生一樣啊，想跟男生要郵件地址，先等到胸圍再大個十公分再說吧！」
「小五十鈴的胸部也沒有多大嘛！」
「但還是比小翼大噢。不過倒是輸給沙織了……唉，胸部的話題不重要啦。」
五十鈴又一次出手敲了小翼的頭，隨即轉向惠一丟了一本筆記。
「昨天找到的東西我都條列在上面了，大概記一下吧。」
「知道了。那探索從昨天的大樓開始可以嗎？」
「不，還是從另一面的購物中心開始比較好，如果一直待在同一個地方搜索，很有可能會被埋伏。」
「說得也對。那手電筒拿去嗎？遇到暗的地方也麻煩。」

「好，再來讓姬子帶著警棍就沒問題了。雖然跟竹刀比起來長度不夠，但總比櫻花枝有威力吧。」
就在此時，盥洗室的門打開，穿著內衣的姬子走了出來。
「等、等等姬子同學，惠一在這！」
沙織紅著臉對姬子念道。
「妳在想什麼啊，怎麼這樣就穿出來了。」
「又沒什麼關係？這是運動內衣啊。而且惠一和我們已經是命運共同體了嘛！」
「就算是也不行啊，這樣會讓惠一覺得困擾的。」
「才沒那回事，惠一可開心了。」
「我、我才不會覺得開心呢！所以快點把衣服穿上啦！姬子同學！」
惠一將視線轉向牆壁慌張地說。
洗完澡一走出盥洗室，惠一就聞到房間內飄散著炸雞的香味。
已經穿好制服的姬子向惠一招手。
「惠一，你好慢喔！難得點的炸雞都要冷掉了。」
「啊，抱歉。妳們可以先吃啊。」
「總覺得國王還沒用餐、士兵倒先吃了不好嘛。不過炸雞是一人兩隻，不可以吃三隻喔！」

惠一才剛入座，身旁的姬子便馬上伸手探入桶裡的炸雞。

「今天打算如何？」

「我想從南面的購物中心開始探索吧。」

「怎麼都一直在探索啊。唉，算了，為了平分獎金也沒其他辦法。」

「如果我們兩方的目標都是為了平分獎金，那遊戲大概就會變成像這樣以探索為主。搞不好之前全員生還的那次也跟我們一樣，兩方都只在自己的區域進行探索，不踏入敵方領域，然後其中一方找到『聯合勝利卡』後，再平分獎金結束遊戲這樣。」

「感覺很簡單，但為什麼其他次會有那麼多死傷呢……我記得全員生還好像只有一次而已吧？五十鈴。」

姬子把炸雞塞滿嘴，朝五十鈴搭話。

「沒錯。其他剩下的次數都有人死亡。這也代表著他們最後都變成自相殘殺。我想是隊伍間失衡了吧。」

「失衡是指什麼意思？」

「遊戲會變成互相殘殺的局面，一定是其中想要贏的隊伍占了上風讓戰力失去平衡。像是獲得槍之類的強大武器，找到了能殺掉敵方士兵的『死神卡』，或是發現了對方基地確定能萬無一失襲擊對方等等。這些幾乎都認定己方有勝算，再加上獎金的利誘驅使，當然會想要贏對方啊。」

「畢竟獎金有一億三千萬，均分下來也有兩千萬以上呢。」

「對十三支會來說也只是一點零頭小錢吧。除了這些，還有因為疑神疑鬼最後演變成互相殘殺。畢竟想到對方很有可能會過來襲擊的話，任誰一占上風，都會想要趁機解決對方吧。」

「所以才會有那麼多互相殘殺的結果嗎？真是受不了。」

「我們就是為了要避免那樣，才需要一直處在有利的一方。只有這樣對方才不會採取攻擊的行動。不過，對方也是跟我們一樣，希望平分獎金的話就沒什麼問題了。」

五十鈴將視線移到手裡的雞骨頭上，輕嘆了口氣。

『〈停戰卡〉的效果終了。從現在開始全區域即可自由進出。』

喇叭傳來單調的女性聲音。惠一確認了一下手錶，上頭顯示二月十六日十八點十八分。

惠一輕聲地打開基地房門。周遭沒有人的氣息，外頭的走廊就和早上回來的時候一樣昏暗。姬子戰戰兢兢地向外踏出步伐，結果什麼反應也沒有。

不知是誰發出鬆了一口氣的聲音，讓緊張感稍微緩和了下來，連帶惠一也一同吁了口氣。

「『停戰卡』的效果看起來似乎結束了。」

「是啊。老實說，剛走出房門時還滿害怕的。」
姬子手上還拿著警棍，便用手背擦去額上的汗。
「警棍用起來的情況如何？姬子同學。」
「不錯啊。滿好握的，感覺揮起來也很有力。」
姬子輕輕揮動強化塑膠的警棍，走廊上隨即傳出劃破空氣的聲音。
「櫻花枝是用來威嚇用的，但這個連骨頭都能打斷呢。」
「只希望他們不要真的來襲就好，我還是不希望兩方有人受傷。」
「是啊。快點找出『聯合勝利卡』，讓這遊戲結束吧！」
全部人對姬子的話都非常同意地點頭。

惠一等人照預定移步到南面的購物中心。周遭依舊沒有人煙，彷彿連空氣都像凝結了一般。為了不讓敵對所在的西區能看見他們，一行人一路藏身在大樓的背光處前進。

不久，一棟三層建築的巨大購物中心隨即出現在他們面前。正門前有個像是小公園的廣場，旁邊還有一些枯萎樹木。再往裡面能看見玻璃大門上有一部分破損，看來能從那進去。

「好了，快樂的購物時間到了。」
姬子拿著警棍邊敲著手心邊往大門邁進，其他人也跟在後頭。一行人留神著玻璃碎片走進了購物中心。眼前可以看見天花板的出風口疊滿器具，被隔成一區區像是店鋪的地方放置著桌子跟架子，但重要的商品卻沒有擺在上頭。

空曠的空地中，沙織小小嘆了口氣。

「看起來可有得找了。」

「正因如此，搞不好能找到好的卡片呢。」

惠一站在沙織身旁答道。

「說得也是。我到現在連一張卡片都還沒找到，今天一定要找出。」

「其實不管是誰找到都好……」

「就算如此也希望自己能稍微盡到一點力。像五十鈴同學想了一堆作戰計畫帶領著大家，姬子同學也幫我們注意警戒周遭，小翼也找到許多卡片跟金幣，還有春香同學也找到了警棍跟卡片。感覺上就只有我沒幫上什麼忙……」

「妳其實不必在乎那些的。」

「我知道。也可能這是我第一個被選為士兵的一點小執著吧。」

沙織舉起右手輕敲著自己腦袋，隨後帶點寂寞的表情笑著。

和昨天一樣，他們分成兩隊開始探索。一樓是五十鈴和姬子還有春香負責，二樓則是惠一、沙織及小翼。惠一帶著兩人走上停止運作的手扶梯。二樓也塞滿了器材，數量更多到讓人懷疑是否連同三樓的份都一起被堵在這。沙織和小翼小跑至最近的塑膠箱旁，開始將纏繞的電線取出。惠一也連忙趕緊探索。

畢竟隊伍裡只有自己一個男性，沙織跟小翼又不是屬於有力氣的那型。惠一移開和自己身高差不多的金屬鐵板，開始拆解路障。

從購物中心開始探索已經過了一小時。惠一將沉重的鐵管放在走廊的角落後，順勢擦掉額上汗珠。眼前還剩下一半由器材堆成的小山。

他們找到了一枚金幣跟上面釘有黃銅釘的小箱了。還在層層疊放的板子中間發現一枚金幣掉在裡頭，只要再把板子拿出來一些就能取出來了。

沙織坐在惠一旁邊的地板上，手裡拿著裝有電燈泡的盒子。

惠一忽然察覺到小翼不在視線內，便抬頭巡視四周。發現她正在窗邊的走道上移動一個早已枯萎的植物盆栽，之後又蹲下撿起某樣東西。隨後小翼抬起頭東張西望，一發現惠一馬上漾起笑容靠近。就在此時，小翼的後方出現一個黑影。

那黑影從身後抱住小翼讓她停止了動作，就連笑容也凍結。

身後的少女用那猶如貓咪般的瞳孔直盯著十幾公尺遠的惠一，她的左眼下有兩顆黑色的痣。

「黑崎百合香……」

像是回答惠一的自言自語，百合香輕輕點頭，隨後嫣然一笑地抬起右手，上頭緊握著一把黑色刀鋒的藍波刀。

惠一感到一陣顫慄，小翼則是想要跑開但腳卻動不了。

百合香左手隨即抓住小翼綁起的頭髮，沒有絲毫躊躇，就朝銀色項圈下用刀子刺了進去。小翼的臉一陣刷白，失去表情。

惠一就像是被百合香迷惑般，無法移開視線。

等到發現眼前情況的沙織發出尖叫聲，才讓停止的時間恢復流動。

百合香一將小刀拔出，小翼便當場倒臥在地。大量的鮮血從她的脖子上流出，擴散在陶瓷地磚上。就在回神後的惠一正要跑向小翼身邊的同時，姬子從手扶梯那頭跑了上來，很快地插入惠一和百合香之間。

她拿著警棍對著百合香，瞥了一眼倒臥在地的小翼。

「混蛋！妳竟然將小翼……」

一向活潑的姬子發出嘶啞的聲音，左手緊握著警棍不停顫抖著。面對的百合香反而一派輕鬆地持著沾血藍波刀，隨興地站著。

「嗯，原來是劍道部的小姬子啊，這可怎麼辦才好呢？」

百合香發出銀鈴般的可愛聲音喃喃自語，並逐步往左邊移動。

剛好五十鈴和春香也從手扶梯跑了上來。

「哎呀呀！小百合香不會是遇到大危機了吧。」

百合香一邊這麼說隨即甩出左手，一顆類似小石子的東西朝姬子的臉飛了過來，就在姬子閃開的同時，百合香馬上轉身逃跑。

「姬子，快追！春香跟沙織保護惠一！」

聽到指令的姬子迅速追去，五十鈴也緊跟在後。惠一一臉蒼白地跑到小翼身邊，叫了好多次她的名字之後，小翼才稍稍睜眼。嘴唇輕微地張合，但聲音卻出不來。

「小翼、不用擔心。現在……」

察覺到自己的無能為力，惠一講到一半的話又吞了回去。

無法叫救護車，帶去醫院也不行，他連緊急包紮也不會。眼看著環抱小翼的手被鮮血染紅一片。

惠一的臉上忍不住溢滿眼淚。小翼就要死了，自己卻什麼都做不到。

就在此時，小翼舉起了左手朝空中像是要找什麼東西一樣不停地揮舞。惠一隨即握住她的手，緊接著她便緩緩打開手心，一枚金幣掉落在惠一手上。

揚起得意般的微笑後，小翼慢慢地闔上眼。

身後的沙織傳出哭泣聲，也許是察覺小翼的生命已經消逝了吧。

惠一無言地抱起小翼。她安穩的表情就像是睡著的孩子一樣。

十分鐘後，五十鈴和姬子從走廊的另一頭回來。

「被她逃走了。百合香那傢伙，竟然從別的出口……」

五十鈴說到一半便打住，看著惠一懷裡的小翼，深深地嘆了口氣。

「還是撐不過嗎……」

惠一沉默地搔頭。一旁的姬子用警棍打向手扶梯的把手。

「百合香那傢伙，還真的殺人了！」

「這就是這樣的一個遊戲啊……姬子。」

「就算平分獎金也拿得到錢啊！這樣還不夠嗎？」

「他們這樣做，就表示平分下來的一百多萬對他們來說根本無法滿足，畢竟敵方有黑崎百合香。照這樣下去繼續殺光我們，每個人能得到的獎金就能變成兩千萬元以上。」

五十鈴把手放在抱著小翼的惠一肩上。

「先回基地吧，惠一。現在這狀態下也無法探索了。我們必須要好好重整隊伍。」

「小翼怎麼辦？」

「也只能放在這邊了啊。」

「我不要。小翼是我們的同伴啊！」

「那你是要將小翼的屍體帶回基地嗎!?」

五十鈴搖著惠一的肩膀憤怒地道。

「小翼可是女生啊！根本不想讓人看見自己逐漸變醜的軀體，特別是被惠一看見啊！」

「但是把她一個人擺在這種地方。」

「惠一……你還真是個濫好人。可是在13遊戲裡你必須要無情。就算是同隊的夥伴死了就僅僅是一具屍體而已，包括我也一樣。」

數十秒的沉默後，惠一無言地將小翼的屍體平放在地板上。他將她的手合十擺置在胸前，便緩緩地站起來。

「回基地吧。」

惠一好不容易擠出聲音。

第四章

The waning moon

一回到基地，惠一馬上跑到末端裝置前，用力地點選畫面一角正跳著舞蹈的CG貓。很快的，喇叭就傳來遊戲大師的聲音。

『有什麼事嗎？有馬惠一。』

「小翼……星野翼死了！」

『哦，我知道啊。在東區的購物中心被殺的嘛，攝影機有拍到，我也看到了。』

「就這樣？」

『什麼就這樣？』

「你沒有任何感覺嗎？有人死了欸！就在你所管理的遊戲裡！」

『你到現在還在說什麼傻話啊？參加13遊戲的人早就知道有這樣的風險，再說殺了星野翼的是西區士兵的黑崎百合香，又不是我。』

「但你制定了會讓我們互相殘殺的規則啊！」

惠一一拳捶向末端裝置的螢幕畫面。

『這個我的確不否認，畢竟自相殘殺在視覺上比較能炒熱氣氛嘛！不過我們還是有制定讓你們全員生還的規則啊，啊，不對，除了一開始沒被選上的士兵絕對會死以外啦。嘻嘻！』

遊戲大師的聲音從喇叭傳出的同時，畫面上的貓咪也露出白色牙齒燦笑著。

『我想我之前也說過，這遊戲的發展是取決於你們，如果不想自相殘殺就找出『聯合勝利卡』或『投降卡』使用就好啦，雖然使用『投降卡』會沒有獎金，但多少也能減少傷亡嘛！』

「這兩種卡片總共藏了幾張？」

『兩種都是稀有卡片所以大概每種十張。普卡就有一百到三百張不等，一同被藏在區域裡頭……還有其他問題嗎？』

「……那小翼的遺體會怎樣？」

『遊戲還在進行中就放在那不動，等到遊戲結束後會好好處理的啦。』

「處理？不交給她的家人嗎？」

『喂，那怎麼行，這遊戲也算是非法的欸。』

「如果我向小翼的雙親告發的話？」

『沒用的。不管是警察還是媒體都無法插手十三支會的事。話雖這麼講啦，十三支會本身就不存在在檯面上的嘛。再說，你也不知道這裡是哪裡吧？』

遊戲大師嘲笑著惠一的威脅。

『這裡可是冷戰時期被祕密建造出來的地底設施。結果還沒施工完成就被十三支會拿來做為13遊戲的舞臺了……哎呀，我不該太多嘴呢。那麼還有其他問題嗎？』

「……沒有了。」

『那還有問題的話，隨時都可以點取我的身體唷。』

遊戲大師的聲音結束，畫面上的貓也跟著縮小往左邊角落移動。

回到主畫面。小翼的照片已經變成了灰色，似乎陣亡的士兵照片就會以灰色來表示。

小翼的照片不知是否是參加遊戲後才拍攝的，表情十分僵硬，也許是感覺到不安吧。而這份不安卻也以最惡劣的形式實現了。

再也沒有人能夠看見小翼那天真無邪的笑顏了。

惠一仍舊站在末端裝置前不動，沙織試探地輕輕拉住他的衣袖。

「惠一……你還好嗎？」

「……我還好……謝謝妳，沙織同學。」

惠一拚命地忍住快要奪眶而出的眼淚，向沙織說。

「現在我們完全處於不利的狀況。」

五十鈴坐在毛毯上嘆息。

「總之，可要重新想作戰策略了。」

「重新想是指？」

春香一臉不安地詢問五十鈴。

「我們的同伴可是被殺了欸，正常來說當然要報復啊！」

「可是那樣的話，我們就會變成自相殘殺了。」

「已經是了。對方的目標並不是為了殺掉小翼，而是為了要讓隊伍處在有利的戰況，再把我們的國王惠一殺掉，這才是他們真正的目的。他們一定還會再來偷襲的！」

「是打算消滅我們這兒的士兵、狙擊惠一的意思嗎？」

姬子小聲地說道，五十鈴也跟著點頭。

「為了勝利這是最好的作戰方式。黑崎百合香在敵隊的話，到目前為止，應該就是讓她擔任突襲，剩下其他五人搜尋。」

「到目前為止是什麼意思？」

「對方殺了小翼是為了向我們宣戰的。當然他們一定也想過我們會報仇，為了不要讓這樣的情況發生，一舉攻下我們就是最理想的方式。也就是說，利用人海戰術也是很有可能。」

「妳意思是敵方全員出擊？」

「那也是一個方法。畢竟處於有利的隊伍，選項也跟著增加。反之，不利的隊伍，選項則會減少。最後就只剩下邊躲邊找卡片一條路。」

「那我們該怎麼辦才好啊？」

「在我提案之前，想先問惠一一件事。」

五十鈴對著坐在地上保持沉默的惠一出聲。

「……什麼事？五十鈴同學。」

「你要贏？還是想要繼續平分獎金？對方可是選擇要贏而來的，那我們呢？」

全部的人都將視線集中在惠一身上。經過了數十秒的沉默，惠一才開口。

「……找出『聯合勝利卡』吧。」

「意思是目標保持不變嗎？」

「嗯。那樣對我們來說也比較有存活的可能。」

「我就想惠一會這麼說。算了，我們這些士兵也只能遵從國王的方針。不過，只有百合香我們必須要殺了她。」

五十鈴的眼睛閃過一瞬光芒，從微啟的嘴唇可以看見她露出的虎牙。

「如果讓百合香活下來只會讓犧牲者更多。而且對方還很有可能會直接採取襲擊惠一的方式，只要惠一一死，殉死模式一啟動，我們統統都會全軍覆沒。」

「是要殺人？」

「至少要殺了百合香。只要殺了她，敵方應該就會放棄求贏的機會，轉而把目標放在平分獎金上。」

「但是誰要殺百合香？殺了就會變殺人犯喔？」

「我來殺。」

五十鈴用比平常還要低八度的聲音回答。

「不管怎樣，百合香還會再次來襲，到時只要姬子拿著警棍將她打到不能動為止就好。最後一擊就讓我來結束。」

「五十鈴同學……」

「在敵方鬥志滿滿的情況下，我們也只能做好覺悟了不是嗎？」

彷彿是說給自己聽一樣，五十鈴用沉重的語調道。

一小時之後，惠一等人朝西區出發。這是五十鈴想出的作戰方法。他們打算故意入侵西區讓對方警戒，只要對方發現自己的蹤影就會害怕被襲擊，如此一來探索也會變得困難，進而達到牽制的效果。

之後他們再回到東區繼續尋找卡片。惠一也同意這個方法。畢竟小翼被殺已經讓人數處於不利的狀態。

如果讓對方繼續自由地搜尋卡片，那麼危險卡片被找到的可能性就會很高。假使對方找到了能殺死敵方士兵的『死神卡』，一定會毫不猶豫地使用。這就是他們首先迴避的事。

大約走了十幾分鐘，一行人來到了東區和西區交界的中央公園裡。

公園的周圍都被磚塊和枯木所包圍，正中央有個噴水池，裡面滿是汙水。旁邊則是掉漆的溜滑梯以及鞦韆還有兒童攀架，角落則有公共廁所。

「從這邊開始就是敵人的陣地了，要謹慎前進。」

所有人對五十鈴的提醒無言點頭。

一離開公園就看見一棟很大的醫院，旁邊緊臨警察局跟消防局。

他們小心翼翼地靠近警察局，停車場停了一輛玻璃碎裂且滿是灰塵的警車。

「這輛車還可以開嗎？」

「姬子從破掉的窗戶探頭進去，開始搜尋車內。」

「嗯，看起來不行。方向盤已經拿掉了，也沒有看見鑰匙在裡頭。」

「就算能發動，車子也好像沒什麼用。」

惠一一邊勘查著車底答道。

「反正也是在閉鎖的區域裡對吧。」

「是啊。不過至少知道了一些情報，算是不錯了。」

「什麼情報？」

「就是敵方隊伍還沒有來這裡搜索過。」

姬子將一枚金幣拋給惠一。

「這是掉在副駕安全帶上的，如果來過這，一定會發現才對。」

「所以也代表如果我們要故意透露行蹤，就必須再往前走一點對吧。」

「沒錯，我們的目的就是要讓他們誤以為我們要突襲他們。」

姬子拿著警棍再次敲打警車的車體。但五十鈴卻皺起眉頭朝姬子走近，原來姬子手裡拿的是上頭釘滿釘子的櫻花枝。

「姬子，我想妳應該知道，如果對方來襲的話就不用遲疑，直接拿可以斷人手骨的警棍敲下去就是了。」

「嗯……我知道，那傢伙可是殺了小翼。就算實際上動手的是百合香，但其他人也一樣有罪。讓他們稍微骨折的程度我才不會遲疑呢。」

聽到姬子這麼說，春香的身體微微一震。姬子隨即冷冷地看向春香。

「如果妳妹也突襲過來的話，我也不會手下留情的。」

「夏美不可能會襲擊我在的隊伍！」

「但是士兵只能遵從國王的命令啊。畢竟還有項圈，再說，以女性的力量也無法贏男性。」

「就算是這樣，也不可能強迫夏美去襲擊別人的。」

「如果是那樣就好了。我是獨生女所以不是很了解，搞不好雙胞胎到最後重要的還是自己的命啊？」

「才、才不會是……」

春香一時語塞地沉默下來，緊握的手心不停顫抖。

「我也不希望用這個攻擊春香的妹妹啊，但是為了保命，不對，是為了保護全部人的性命就只能這麼做了。到時妳可別怪我。」

姬子將眼睛瞇得跟針一樣細，直盯著手上緊握的警棍。

惠一等人離開了近乎半毀的消防局，朝西區深處前進。持著警棍的姬子帶頭，跟在她身後的是惠一，而惠一的左右手則是沙織跟春香，緊接著走在最後頭的是拿著櫻花枝的五十鈴。

西區跟東區一樣，聳立在裡頭的都是廢墟大樓，只有配置不同。東區大多是商業大樓，西區反而是住宅用的公寓大廈居多。一棟五層建築類似家庭式的公寓，整齊排列在支撐天花板的巨大圓柱旁。

一行人踩在公寓旁的路上，小心謹慎地前進。

雖然說是為了讓對方看到自己的行蹤，但是如果先被對方發現的話很有可能會遭突襲。惠一忽然想起了黑崎百合香，在購物中心裡用刀子插進小翼的脖子後隨即浮現的微笑。那是對於殺人一事，絲毫沒有任何罪惡感的笑容。

想到有這樣一個殺人魔潛伏在廢墟街道中，說不定還正鎖定著他們，讓惠一不覺背脊一陣寒意。

——是久流魁人向百合香下的指示嗎？如果久流魁人的目標是在平分獎金，那麼百合香是不是就不會殺了小翼？還是說殺小翼一事是百合香自己獨自判斷的呢？

前頭五十公尺的陰暗處出現了一名少女，讓惠一停止了思考。少女一見到惠一他們一瞬間停下了動作，但很快地便轉身逃走。

少女一頭短髮有律動地擺動著，格子短裙下顯現小麥色的細腿。姬子正打算追上前卻被五十鈴制止。

「放棄吧，姬子。那傢伙是鈴原翔子。田徑隊的。」

「呿！本來想要把她抓來的。」

姬子望著鈴原翔子逃掉的方向，嘖了一聲。

「算了沒關係，這樣鈴原翔子就會通報久流魁人了吧，告訴他說我們全部都侵入了西區。」

「應該會以為我們是為了幫小翼復仇而來的吧。」

「我們的目的就是要讓他們這麼想。如果知道我們是想平分獎金的話，他們就不用擔心襲擊的事，可以盡情探索。現在只有鈴原翔子一人，看來比起警戒敵人來襲，他們的確更重視搜索效率。不過我想之後就會聚在一起行動了。」

「這樣是露臉作戰成功的意思嗎？」

「還有，我們又知道了一個情報。」

「是什麼情報？五十鈴同學。」

面對五十鈴嘴角露出的滿意微笑，惠一出聲詢問。

「鈴原翔子逃跑的方式啊。北側的大樓明明就比較近，但她卻特別轉向南側的大樓。我想，他們的基地大概就在西南方位。」

「會不會也許是因為那邊也有她的同伴正在探索？」

「不能說沒有那可能，但鈴原翔子是突然碰到我們肯定會感到混亂，以本能來說會想要直接逃回基地的可能性比較高。」

「那樣的話，我們就跟著找找看他們的基地也不錯啊。」

「如果是鈴原翔子以外的人也許可行，但那傢伙曾經說過自己跑四百公尺只需要五十六秒。」

「那可真快啊。」
惠一發出感嘆的聲音。
「但她本人似乎一直名列萬年第二，還為此十分煩惱。聽說是同校有個能夠打破日本紀錄的天才少女，所以才會半放棄地跑來參加這遊戲。」
「這是在圓形房間裡聽來的情報？」
「是啊，等國王醒來也是閒著。不過真不希望對方是敵人就是了。」
「因為她腳程很快的關係？」
「正解。在這遊戲裡跑得快真的是超有利，如果感到危險只要逃跑就好。是說，惠一四百公尺能跑幾秒啊？」
「我沒有測過不知道。如果是一百公尺大概十三秒多一點，但四百公尺要用這樣的速度不太可能。」
惠一垂下視線答道。
「算是男生的平均數字呢。惠一沒有比較拿手一點的項目嗎？」
「如果是跳遠的話，在班上排到第三名……」
「還真是微妙的成績。不過在這遊戲裡也沒什麼用，如果可以，還真希望是擁有拳擊執照或是舉重能夠舉起一百五十公斤重之類的特技。」
「這樣對方就會選擇平分獎金了嗎……」
五十鈴往消沉的惠一肩頭用力一敲。

「只是開玩笑的不要當真啦。第一、就算惠一真的有拳擊執照，對方也不會知道這情報，因為國王的背景資料沒有寫在上頭啊。不過現在我們也只能祈禱希望對方的國王並沒有這樣的特技。」

五十鈴如此說道，便將視線轉向翔子逃走的西南方向。

回到東區的惠一等人再次展開探索，一行人進入半廢墟狀態的大樓。雖然很想要得到能夠牽制百合香的武器，但更想要的是雙方都能獲勝的『聯合勝利卡』。只要得到這張卡片就不會再有同伴死去。儘管只有幾天的相處，惠一對少女們都已經抱有好感。沙織總是為自己著想許多事，五十鈴嘴巴雖壞但也是守護著大家，姬子對待身為男性的自己態度也十分親和，春香也總是帶著穩重的溫柔。

她們都拚死地保護著惠一。他能感覺到這並不是因為殉死模式的關係，也許這麼說有些自負，但惠一知道少女們對自己也都有一定程度的好感。

——我不會再讓任何人被殺。

惠一在心底暗自下了決心，繼續搜尋著卡片。就算找到的不是『聯合勝利卡』，而是承認失敗後就能讓遊戲結束的『投降卡』，即便是拿不到獎金他也打算要提議使用。

但惠一的決意卻徒勞無功，花了五小時才找到『半額卡』、『獎金減額卡』、『停戰卡』以及『懸賞卡』四張卡片而已。

四點一過，惠一他們便回到了基地。小翼的事讓大家沒有了食慾，卻也不得不點選一些營養口糧好填飽肚子。

「一直找不到『聯合勝利卡』呢……」

沙織從窗簾包裡拿出卡片邊嘆氣。

「嗯，因為稀有卡的關係所以才那麼難找吧。」

惠一用著低迷的聲音回答。

「目前為止找到的都是普卡。」

「不過為了狙擊糧食作戰所需的『停戰卡』已經有三張了呢。只是已經用掉了一張就是了。」

「嗯，之後再找出讓他們付五十枚金幣的『沒收卡』就好了。」

「奇怪，明明那也是普卡卻找不到。」

「我想依據卡片的種類不同，被藏起來的數量也不同。遊戲大師也說過普卡被藏起的數量是一百到三百張。不過還是比稀有卡多很多了啦。」

「惠一，如果拿到了能殺掉敵方士兵的『死神卡』，你會使用嗎？」

沙織的問題動搖了惠一。如果使用了『死神卡』，說是間接殺人卻也還是掩蓋不了自己已然成為殺人犯的事實。即便在13遊戲裡殺人，也會因為十三支會的權力壓下並不會被公開，就連屍體也會被妥善處理掉。但是儘管不會被問罪，對惠一來說他從未考慮過殺人這個選項。

經過了幾分鐘的沉默，惠一重啟緊閉的雙脣。

「如果拿到了『死神卡』，我打算對百合香使用。」

「……那樣真的好嗎？惠一？」

「嗯，其實我也不想殺人，但是就這麼放任她的話，我們大家都很有可能會被殺掉。我已經不想再看到同伴死去了，不想了……」

想起小翼的惠一低下了頭，五十鈴便向他搭話。

「如果找到了『死神卡』當然要對百合香使用，就算惠一不想，我也會強迫把卡插進去的！」

「……我沒關係，那也是我的工作。」

「那就好，畢竟是他們自己放棄了平分獎金的機會，選擇了互相殘殺的選項。」

五十鈴邊說邊用食指彈著搜索得來的冰鑿前端，天花板的光線剛好透過冰鑿，反射在她的臉頰上。

「冰鑿是五十鈴同學要使用？」

「是啊。姬子用警棍，惠一拿刀子，我就靠冰鑿。沙織就拿我之前用過的櫻花枝就好。」

「武器越來越多了呢。」

「敵方想必也是吧。十三支會的那群傢伙一定正期待著女子高中生的互相殘殺，我看口水都要流下來了吧。」

五十鈴小小的嘖了一聲，將冰鑿刺向身下的毛毯。

經過了五個小時的休息，惠一等人接著由基地重新出發。一行人沿著北面的牆壁朝西方前進，他們走進了一棟五層高、外觀滿是玻璃的建築。一樓的大廳處鋪著紅色絨布地毯，牆面也配合著顏色裝飾了十幾幅畫作。

探索從一樓開始。惠一先打開了服務臺底下的紙箱，發現裡頭有大量的鎖鍊。站在一旁檢查畫作的姬子見狀便道。

「鎖鍊啊……那個可以用嗎？」

「我們先統整放到出口處，之後再決定要不要帶回去好了。」

惠一抬起滿是灰塵的紙箱，沉甸甸的很有重量，可惜的是看起來不適合加工做為武器。

就在此時，檢查畫作背面的沙織開心地叫道。原來是畫作的牆壁內挖開了一個四角小孔，裡頭鑲著一個小木盒。

全部人都跑到了沙織身旁。她小心地取出木箱，用顫抖的手打開盒蓋。

隨後她的表情轉為一臉失望，裡頭放的是『獎金減額卡』。

「又沒中嗎？真叫人不爽啊。」

五十鈴用冰鑿削過牆壁，嘎拉嘎拉的石頭聲在大廳裡響起。

惠一從沙織手中接過第四張『獎金減額卡』。

「加上這張，現在找到的卡片總共是十張……」

「惠一，沒中的卡片就不用算了。我們手邊能用的卡片就只有兩張『停戰卡』跟一張『半價卡』而已。」

「用『半價卡』的話能買什麼東西？」

「理想的話就是槍啊。原價兩千塊只需要一千就能買到。不過話雖然這麼說，我們的金幣也只有三百三十九枚，要買也很困難吧。」

「以現在的步調來看，要買槍的話，看來還要再花兩個多月呢。」

「13遊戲裡最長的紀錄是四十天，真的那樣也許會破紀錄喔？」

「我可不想兩個月都在這遊戲裡度過。」

「同感。只能祈禱這個飯店裡有『聯合勝利卡』嘍。」

面對五十鈴說的話，惠一無言地點頭。只要找到『聯合勝利卡』就能逃離這猶如惡夢般的遊戲。為了趕緊結束它，惠一一行人再度進行搜索。

結束了最後一間房間的探索，惠一將額頭上的汗水擦去，順勢確認了一下手錶，時間是二月十七日的十三點五分。他們大概是超過九點的時候進入飯店，所以將近有四個小時沒有休息，一直持續不停地搜索。

「稍微休息一下吧？我想大家都累了。」

「呵～惠一，你竟然會在飯店的雙人房裡提議休息，還滿大膽的嘛！」

姬子橫臥在沒有鋪床單的床上，拉起裙子下襬，健康的大腿隨即映入眼簾。

「不、才不是，我才不是那個意思啦！」

「那個意思是哪個意思呢？惠一。」

「不說了……」

為了掩飾發熱的臉頰，惠一轉向窗外眺望景色。外面卻有個東西在動，惠一不覺「哇！」的一聲，其他人也趕緊湊了過來。

「進藤紗希，看那茶色頭髮準不會錯。」

五十鈴指向走在十字路口的少女說。

「為什麼那傢伙會在東區遊蕩？」

「如果是探索的話，待在西區不就好了？」

「不管怎樣，好好運用這機會也許可以抓到她，看來她也是獨自行動。」

「要去抓她嗎？」

「當然。只要把她抓到基地關著，就算不殺她也能削弱對方的戰力。走嘍、姬子！」

「沒問題！既然是那傢伙就不用太擔心了！」

五十鈴和姬子一同跑了出去，惠一和沙織還有春香緊跟在後。一行人出了飯店隨即轉進小巷，不久就來到了剛才看到紗希的十字路口，但她卻已不見蹤影。

「可惡，跑哪去了！還想說就算她不抵抗，我也要先揍一拳的！」

「姬子同學為何那麼討厭進藤紗希？」
惠一對著手持警棍怒吼的姬子問道。
「那傢伙在圓形房間時態度就超級差，還說國王如果是男的，一定會以美貌來選擇。硬要說的話，就是同性會很討厭的那種類型吧。不過她看起來倒是挺有膽量的，滿適合在這遊戲裡生存。說實話，我還真不想讓惠一見到她。」
「我？為什麼？」
「只看照片我想可能有點難理解，她就是有一股小惡魔氛圍的魅力。感覺這類女人，男人都無法抵抗。」
「姬子，就算對方向惠一使出美人計也是沒用的。」
五十鈴一邊警戒著周遭一邊插話道。
「說得也是。那麼就可以安心地把她抓起來了！不然惠一被敵方的女人迷得神魂顛倒，那我們面子可就掛不住了。欸……還是說我們之中已經有人被惠一要求做色色的事了？」
惠一正要反駁姬子的時候，沙織拿了一張信紙跑了過來。
「惠一，這個被放在大樓門口……」
沙織的聲音有些顫抖。
惠一接過信紙閱讀上面的文字。
「北条春香小姐，我們已經找到了『聯合勝利卡』。希望妳在二月十八日十九點以前，一個人來西區第三倉庫正門口。在我們判斷你們無意與我們戰鬥後，會願意配合使用『聯合勝利卡』。反之，如果妳沒有出現，我們將會認定妳有意戰鬥，即刻處死北条夏美，繼續與你們抗爭下去。久流魁人」

站在惠一身後的春香發出一聲悲鳴。

「不用想了，這百分之百是陷阱。」

五十鈴將信紙揉成一團丟掉。

「如果找到『聯合勝利卡』有心要使用的話，直接用就好了根本不用那麼麻煩。對方的目的就是要威脅殺掉北条夏美，然後把姊姊春香給引出來，傻傻的就這麼去的話，馬上就會被殺掉的。」

「可是我不去的話，夏美就會被殺。」

春香臉色蒼白，雙腳止不住顫抖地悲痛說道。彷彿恨不得現在就奔去西區，五十鈴見狀趕緊抓住春香的手。

「他們不可能會殺掉北条夏美的。妳仔細想想，妳妹可是對方的士兵喔？他們為何要故意減弱自己的戰力？」

「但是我不去，對方也就不會使用卡片了！」

「那也是問題所在，我們怎麼知道他們真的握有『聯合勝利卡』？」

「信紙上不是這麼寫著嗎？」

「但也不能確定那就是真的，反而虛張聲勢的可能性還比較大。」

「虛張聲勢……」
春香呆望著五十鈴。
「是啊。在這遊戲裡什麼都有可能。也沒規定不可以欺騙敵方，再引誘到陷阱裡殺掉不是嗎？再說，明明敵方就處在有利的局勢，那何必要選擇平分獎金？」
「也、也許是因為要等我去了倉庫以後，才會認同我們的誠意……」
「怎麼可能，如果久流魁人是個溫和的國王，那麼小翼才不會被殺掉。」
「這樣的話，到底怎麼辦才好……」
惠一在爭論不停的兩人間插了話。
「總之，離期限為止還有三十小時，我們也去找『聯合勝利卡』吧！找到的話，春香就沒有必要去了。」
面對惠一的提案，春香緊咬著嘴脣低下頭。

之後的十小時，他們總共探索了三棟大樓。連休息的時間都沒有，卻還是找不到『聯合勝利卡』。好不容易說服快逼近瘋狂的春香，惠一等人決定先回基地再說。已經超過十四個小時以上都在搜索，最好先補充食物跟睡眠才是上策。就在他們回基地的途中，發現了第二張和剛才內容一樣的信紙，張貼在大街上一個顯眼的大樓門口。彷彿為了能讓春香看見，有好幾十張都被貼在東區各處。
一關上基地大門，姬子馬上倒臥在毛毯上。

「都花了十四個小時，別說是『聯合勝利卡』，就連一張稀有卡都找不到，至少也找到『除隊卡』，好讓春香的妹妹離開啊！」

「總而言之，現在先吃飯跟補充睡眠，之後再找一次。不過睡眠時間會有點少，大家沒問題嗎？」

惠一拿著毛巾擦拭著脖上的汗水，一邊環視少女們。

「如果你讓我吃漢堡的話就沒問題！惠一。」

姬子舉起右手答道。

「我知道了，馬上幫妳點。」

惠一利用末端裝置點了五個漢堡，之後將探索得到的金幣全部放入裝置的抽屜裡，螢幕下方隨即顯示出金幣數量，三百六十五枚。看起來至少不用擔心吃飯的事情。

「順利持續增長的只有金幣啊。」

站在惠一旁邊看著螢幕的五十鈴喃喃道。

「而且也還沒有找到『沒收卡』。」

「是啊，都是一些沒用的卡片，看得我都要哭了。」

五十鈴從口袋抽出兩張卡片遞給了惠一。

「兩張都是沒用的卡，但惠一還是先拿著吧，如果我們被殺的話，很有可能會被敵方拿走，放在惠一那就不用擔心了。」

「說得也是，畢竟我一死遊戲就結束了。」

「同時也確定了我們的死期，拜託你嘍，遊戲中可別給我來個心臟病發什麼的。」

「我在學校的診斷都是正常的。」

惠一拿起一旁的窗簾包，雖然沒有發現新武器，但裡頭新放入了堅硬的鎖鍊還有望遠鏡以及三個掛鎖。鎖鍊跟掛鎖似乎沒什麼用，不過望遠鏡就能在找尋敵方蹤跡時派上用場。

惠一將散落在房間的東西整齊排好，一臉蒼白、坐在墊子上的春香映入他的視線。她的嘴脣微微張合，直盯著眼前墊子。

果然還是很在意信的事情吧。惠一走近春香，溫柔地向她搭話。

「春香同學，妳還好嗎？」

「啊……我沒事的，惠一同學。」

春香回以惠一一個僵硬的微笑。

「等等又要開始尋找卡片了，妳要不要先稍微休息一下？我們一定能找出『聯合勝利卡』。」

「……謝謝。」

「不用跟我道謝了。找出能平分獎金的卡片也算是為了我自己。只要明天能找到就不會再有其他傷亡，大家都會得救。當然春香的妹妹也是。」

「說得也對，遊戲結束的話，或許還能跟對方的人做朋友也不一定。」

「如果能的話就好了。」惠一用著低沉嗓音回道。也許能和春香的妹妹夏美和好，但他實在無法想像要跟殺了小翼的黑崎百合香和睦相處。再說，面對西區的國王久流魁人，惠一也實在沒什麼好印象。明明就拿到了『聯合勝利卡』卻還要冒險爭取勝負，不就代表著就算殺光敵隊也不在乎。儘管獎金再怎麼多，對惠一來說，還是無法理解為何要以殺人的方式來取得。

姬子忽然將漢堡丟向惠一跟五十鈴。

「快點吃！快點睡！明天不是要很早起嗎？惠一。」

「沒錯，我們快點把飯吃一吃，多少爭取一些時間補充體力。」

「區區一個漢堡我只要三分鐘就可以吃完了啦！春香也快點吃，明天再繼續努力！」

面對故意笑鬧緩和氣氛的姬子，春香拭去眼角淚水，露出微笑。

惠一因為鬧鐘的聲音而甦醒。他緩慢地坐起身，看見房門處被擺在地上的手錶正嗶嗶嗶的響著，意識逐漸恢復讓他察覺到眼前的不對勁。

——為什麼只有手錶在響？

惠一在睡覺的時候都會把手錶交給少女們，讓她們在輪流站崗的時間使用。為什麼現在手錶被人放在地上呢？

醒來的少女們當中，惠一並沒有看見春香的身影，他覺得內心有些不安便走向盥洗室。

惠一敲了幾下門卻沒有反應，在外頭喊了好幾次春香的名字。五十鈴直接推開他，打開了盥洗室的門，然而裡頭並沒有任何人。

「春香那個笨蛋！上了敵人的當啊！」

五十鈴搥向門板。

「難道她一個人去了西區？」

惠一朝五十鈴問道。

「既然她不在這裡，除此之外沒有其他可能了。難不成惠一會覺得她只是在廢墟街道裡散步嗎？」

「怎麼會……明明約好今天也一起找卡片的啊……」

惠一懊悔地抱著頭，沙織隨即接著說。

「惠一，我在春香同學睡的地方發現了這個……」

沙織遞出一張被摺成三摺的筆記本用紙，外面整齊地寫著惠一等人的名字。打開後，裡頭是春香端正的字體。

『很抱歉自己擅自行動，但我決定去西區請求久流魁人使用『聯合勝利卡』，請你們等我回來。春香。』

惠一抬頭望向聚集過來的其他少女。

「有誰知道春香同學何時出去的嗎？」

「她一小時前還在，是我和她交接站崗的。」

沙織將地上的手錶撿起，確認時間後回答道。

「那麼現在追也許還追得上。」

「沒用的，惠一。」

五十鈴阻止了正要開門出去的惠一。

「春香一定也知道鬧鐘響的時間，已經來不及了。」

「但是這樣下去的話春香同學會被……」

「嗯，會被殺掉吧。」

「五十鈴同學！」

「這也是事實啊，也許春香想要說服久流魁人，但他才不是那樣簡單的人，看過他寫的警告文就能知道吧。」

「那現在到底該怎麼辦？就只能這樣等春香被殺掉嗎？」

「就算想救也無可奈何了。」

五十鈴搖著頭將身體靠向水泥牆。

房間內被沉重的寂靜塞滿，沒有任何人開得了口，僅能等待時間靜靜地流逝。

惠一無意識地轉頭注意到視線裡的末端裝置。

「啊……末端裝置……」

惠一馬上跑向末端裝置確認主畫面，春香的照片就跟之前一樣並沒有變成灰色。

「春香同學還活著！」

聽到惠一這麼一說，所有人馬上聚集到末端裝置前，最先湊到螢幕前的姬子，大大地吁了一口氣。

「真是的，春香那傢伙讓人那麼擔心。」

「距離春香同學離開也已經過了兩小時，那麼對方應該就沒有要殺人的意思吧。一定是這樣的。」

「這麼說他們拿到『聯合勝利卡』也是真的嘍？等等就會使用了嗎？」

「很有可能，不然他們還想要繼續鬥下去的話，春香同學早就被殺掉了。」

「說得也是……的確很有可能。或許我們假裝要襲擊的事情，讓他們開始恐懼自己很有可能會被殺掉。」

「如果真是那樣就好了。但也可別高興得太早，姬子。」

五十鈴繃著一張臉緊盯著螢幕，惠一用無法理解的表情看著她。

「什麼意思？五十鈴同學。春香同學並沒有被殺不是嗎？如果被殺的話，照片應該會變成灰色。」

「……總之再等等看，如果那警告文是真的，他們就會使用『聯合勝利卡』了吧。」

五十鈴的疑問讓惠一感到些許不安但還是點了頭。如果久流魁人想要贏得勝利，敵方士兵的春香應該馬上就會被殺掉。但是以直到現在春香都還沒被殺的情況看來，久流魁人是否也有打算平分獎金的意思？惠一這麼想著。

雖然現在的局勢的確是久流魁人的隊伍占上風，不過也許就像姬子所說的，由於惠一他們的假襲擊，敵方開始思考如果輸了的話該怎麼辦也說不定。

只是等了許久，敵方依舊沒有使用『聯合勝利卡』的跡象。

五十鈴嘆了一口氣，離開末端裝置。

「看來對方並沒有要使用『聯合勝利卡』呢，惠一。」

「那為何沒有殺掉春香同學……」

「你是問不殺春香的理由嗎？如果是問這個，當然有。」

「到底有什麼樣的理由？」

「惠一難道忘了『懸賞卡』的效果嗎？」

「啊……」

「看來你想起來了吧。『懸賞卡』的效果是能指定懸賞的士兵，之後再把他殺掉，這樣一來在遊戲裡獲得最後勝利的隊伍，即可得到總額之外再增加一千萬元的獎金。也就是說，只要殺掉被『懸賞卡』連續指定的春香，那麼之後得到的獎金就能翻倍。」

「妳意思是他們為了這種事才讓春香同學活著？」

「什麼叫這種事？錢對他們來說可是很重要的。惠一不也是因為錢才參加比賽的嗎？」

「那是因為……」

惠一陷入沉默，五十鈴隨即搔著頭坐到墊子上。

「為了保留『懸賞卡』能重複指定的對象，春香應該暫時不會被殺。只有金額達到久流魁人滿意的程度才有可能，等到之後再殺了惠一，整個計畫就完美無缺了。」

「沒有辦法救出春香同學嗎？」

「能救的方式只有用『聯合勝利卡』或『投降卡』讓遊戲結束吧。而且還是要在對方找到一堆『懸賞卡』以前。」

「我想到另一個能救春香的方法了，惠一。」

姬子拍掉沾上裙子的灰塵站起身。

「是什麼方法？姬子同學。」

「我們也隨便抓一人，再跟對方做人質交換就好！」

「他們真的會願意交換嗎？」

「如果對他們來說是重要的戰力的話。不過，除了春香的妹妹夏美之外，我想不論是誰都會跟我們交換吧。」

「但是要怎麼抓？」

「我一個人潛入西區抓回來啊。」

姬子將右拳打向左掌中，發出啪的一聲。

「老實說對方的做法已經讓我很不爽，我也厭倦再繼續找卡片了。」

「但是妳一個人行動很危險，搞不好還會被百合香襲擊。」

「一個人倒還比較好。這跟探索不同，可是連聲音都不能發出。我可以先發制人攻擊，就算對手是百合香也不用擔心。」

「妳真的要一個人去西區？」

惠一一臉擔心，姬子便伸手攬住他的肩膀。

「放心啦。比起我，找卡片的事就拜託惠一你們嘍。」

「我們當然會努力找的。不過要是連姬子同學也覺得危險的話，希望妳能馬上回來東區。」

「我知道，我不會亂來的。」

姬子故意把身體貼向惠一，像是要捉弄滿臉通紅的他。一旁的五十鈴冷冷的看著他們。

「好好祈禱這不會是最後的擁抱吧。」

「喔？妳是在擔心我嗎？五十鈴。」

「那不是廢話嗎？妳死的話我們就確定輸了啊。」

五十鈴一邊不滿地碎唸著，伸手拍向貼在牆上的街道地圖。

「惠一，先決定好探索的計畫，然後我們必須要再買一個手銬。」

「讓姬子同學拿著對吧。」

「沒錯。要先告訴姬子計畫內容，才好讓她之後能跟我們會合。我記得我們有撿到掛鎖跟鎖鍊吧？」

「嗯，掛鎖有三個，長度不同的鎖鍊有很多條。」

「以後出門就用這個來鎖基地的房門吧。」

「這麼做的話，不是反而容易被發現嗎？」

「就算是也沒辦法啊，如果春香被拷問，那基地就有可能會被發現。」

「說什麼拷問……」

惠一瞬間說不出話，腦袋裡浮現因痛苦而扭曲表情的春香。

五十鈴嘆了一口氣便皺起眉頭。

「怕你們會擔心所以不是很想說，他們也有可能是為了拷問春香才讓她活下來的。畢竟只要一知道基地就可以盡情地偷金幣跟道具，還更方便偷襲。」

「那我們還真是處在非常不利的狀態呢。」

「可說是絕望了。但是放棄就等同於自殺，如果不想就這樣未成年死去，那就拚了命也要掙扎。」

彷彿是為了說給自己聽，五十鈴用堅強的語氣說道。

一小時後，惠一等人準備好離開基地。他們將基地的門用長鎖綁在隔壁的門把上，再用掛鎖固定。這麼一來，就算基地的位置被發現，也沒有辦法簡單進出。單獨行動的姬子除了備有警棍之外，還有望遠鏡，摺疊小刀跟營養口糧。跟著惠一外出探索的沙織及五十鈴也同樣備有武器跟食物，準備就緒後，一行人走出基地大樓。

「那麼我去打個獵就回來！」

姬子說完後就轉身離開，消失在大樓陰暗中。惠一仍舊沉默地站在原地，五十鈴見狀便輕拍他的肩。

「我們也快點開始找卡片吧，計畫也已經決定好了。」

「嗯，先從南面的工廠開始對吧。」

惠一無言地點頭朝南面邁進。跟姬子分開後，隊伍就只剩下三人，如果久流魁人全員來襲的話，惠一他們也難以抵禦，為了避免這樣的情況，搜索的地點就絕對不能被發現。

一行人行經預料中的險惡道路，來到了南邊的工廠。他們小心翼翼地注意周遭後，便打破大門玻璃進入。充滿霉味的空氣馬上侵入惠一的鼻腔，但即便如此也只能皺著眉頭繼續往前探索。裡頭有許多排放在一起卻不知道用途的細長機器，也許還沒有使用過，某些部分依舊被塑膠袋蓋著。

他們拿著武器就直接開始尋找卡片，雖然多少降低搜索效率，但如果不拿而被襲擊的話更教人恐懼。惠一一手探向機器裡頭，視線仍然盯著工廠入口。

現下的情況只要稍微一個不注意就很有可能會喪命，一想到這，惠一額上不禁浮出一顆顆汗水。

就在此時，上方忽然出現一名女性的聲音。

『西區的基地現在使用了〈懸賞卡〉，指定對象是北条春香。若將北条春香殺害的隊伍贏得了勝利，總獎金便會增額一千萬元。』

惠一將手移離機器，抬頭望向工廠的天花板。雖然上頭設有球形攝影機，但沒有看見像是喇叭的東西，看來似乎是從工廠外傳來讓全街道都聽得到。沙織帶著不安的表情跑向惠一。

「會不會是春香同學她……」

惠一忽然感到背脊一陣涼意。因為他知道，當對方對春香使用了『懸賞卡』，就代表對她有殺意。

「回去基地吧！只要確認末端裝置……」

「那樣也沒用的，惠一。」

五十鈴蓋過惠一要說的話。

「你回去看末端裝置確定春香是生是死，然後呢？如果還活著就開心，死的話就哭嗎？沒有任何意義吧。」

「可是……」

「沒有可是不可是了！如果有那閒暇時間，倒不如用來找『聯合勝利卡』吧！現在重要的並不是回去確認春香的生死！」

面對五十鈴的怒吼，惠一只有緊咬住嘴脣。

「唉……雖然也不能叫你們不用擔心，但現在春香應該還沒被殺。」

「可是對方對春香同學使用了『懸賞卡』，不就代表有意要殺她嗎？」

「對方的確有意要殺她，但不是現在。我想會是在使用兩、三次『懸賞卡』後吧。畢竟這可是能夠讓獎金增額的指定士兵啊。」

「那，假如對方找到了一堆『懸賞卡』，那春香不就……」

「會被殺掉。就某方面來說，久流魁人越是貪得無饜，春香就越能存活。老實說，現在也只能祈禱了。」

「所以我們能做的事就只有尋找卡片？」

「還有期望姫子能抓個人回來。」

五十鈴緊咬著泛白的嘴脣。

五個小時後，惠一等人照著計畫，將探索地點轉向旁邊相隔四棟房的大樓，過了三小時後他們才又離開。已經連續搜索了八個小時，卻沒有人打算休息。

他們沿著南面的牆壁前往下一棟目標大樓，前方隨即出現一塊平坦的土地。

這裡似乎本來打算蓋些什麼，四個角落都還堆著建築材料。

「啊，惠一等一下。」

沙織忽然叫住了惠一，之後便往空地奔去。

「怎麼了？沙織同學。」

「是金幣呢！你看、在這啊。」

突然間，一聲金屬互相碰撞的聲音響起，沙織整個身體跟著倒臥在地。

「沙織同學！」

惠一一奔上前就看見沙織的左腳，被兩片像是鯊魚牙齒般的金屬片緊緊地夾住。小腿流出一片鮮血，染紅了她的短襪。

沙織痛苦地扭曲著臉，發出疼痛的呻吟。

「到底是什麼啊！這個……」

惠一試著要打開沙織腳上的金屬齒片，卻完全沒有辦法。

「對、對不起，惠一。這個應該是敵隊的……陷阱吧。」

沙織拚命擠出笑臉，並伸手指向眼前的金幣。

「怎麼樣都無所謂啦！總之先幫妳把陷阱解開！」

惠一拉起連接在金屬齒片上的鎖鍊，但是它被巧妙地藏在土裡，只能看見連結金屬鉤的部分。一旁的五十鈴見狀也死命地挖掘泥土，但是挖了將近二十公分還是看不見金屬鉤的源頭。

「惠一，這樣沒用。必須要拿個能挖掘的東西來。」

「剛才的工廠裡有鏟子，如果用那個應該可以挖得比較快，我去去就回。五十鈴同學跟沙織同學就先在這裡等我回來。」

惠一朝工廠方向奔去。

——得快點救出沙織同學才行！

就在惠一轉進前方五十公尺的大樓時，一個黑影擋住他的去路。

在略顯寬大的制服上，飄揚著一頭黑髮。她的漆黑瞳孔下有兩顆小痣並列在一起。

此時的百合香就像是面對獵物的肉食動物一樣，緩步地朝惠一逼近，手裡握著的是先前殺害小翼時所使用的黑色藍波刀。

惠一把手放在腰間的小刀上，慢慢地退後。

「黑崎……百合香同學對吧？」

「嗯！是小百合香喔！之前沒能好好自我介紹呢。還請多多指教啊，惠一。」

百合香嫣然一笑，拿著藍波刀朝向惠一。刀鋒不時閃爍，彷彿擁有自我意識一樣。

「小百合香一直在找惠一呢。但是怎麼都找不到，讓小百合香著實困擾了。上次也因為你們五個人在場無法攻擊。不過，今天看起來似乎是一個人呢！」

「……是這樣嗎？我倒是有個問題想問妳。」

「嗯，是什麼呢？惠一。」

「為什麼你們不選擇平分獎金？明明只要使用『聯合勝利卡』，就可以讓大家存活啊。」

「因為這是小魁人決定的啊。不過遊戲嘛，比起平分獎金，還是要分出個勝負才好玩啊！」

「說什麼勝負……妳自己也有可能會死喔？」

「那不是當然的嗎？這就是個自相殘殺的遊戲啊。」

百合香露出不可思議的表情答道。

「而且這次就算殺人也不會被送去少年教養院。小百合香可是有好好的跟遊戲大師確認過了呢。他說在這裡不管殺多少人也不會被抓喔！」

「問題並不在這吧！」

「嗯，原來惠一是討厭殺人的類型啊。但是小百合香並不覺得這有什麼錯欸。」

百合香停頓了一下。

「而且小百合香也沒有必要照你說的話做吧。」

百合香的聲調瞬間變得低沉，她不時晃動手裡的藍波刀並逐步朝惠一逼近。

就在此時，五十鈴忽然從惠一的身後跳出，手裡拿著冰鑿，站在惠一旁邊。

「惠一！這傢伙我一人沒有辦法抵擋，兩人一起殺了她！」

「原來妳覺得只要兩個人就能贏啊。虧我還聽說小五十鈴是腦力一族的欸——」

百合香向後退了一步，左手搭在腰上。

「注意點，惠一。她左手很可能拿著什麼。」
「……呿，同樣的方法已經行不通了嗎？」
百合香說著便鬆開了左手，混凝土的碎石隨即掉落在地。
「那就從正面迎擊吧，用小刀來決勝負我也不會輸的。」
「這可不一定喔，很遺憾的會是妳死！」
面對五十鈴的發言，百合香的臉上失去了笑容。
「妳要怎麼殺了小百合香？」
「很簡單啊。妳如果攻擊過來我就擋在前面做盾牌，趁妳的刀還刺在我身體裡時，惠一就會把妳給殺了！將軍！」
「如果那樣做，小五十鈴就會死喔，妳願意？」
「惠一死的話，我也一樣會死不是嗎！」
五十鈴露出犬齒一笑。
「再說，如果最後妳跟我同歸於盡的話，遊戲的勝利就會是我們的了！」
「嗯？為什麼會是你們的勝利？」
「我們這裡的王牌可不是我，而是劍道部的姬子。如果我跟妳都死了，那就只剩姬子獨霸，到時再全軍突襲你們，我們就能贏了！」
「……說什麼同歸於盡，那是不可能的唷。」
「那妳就試試看啊！惠一，等到百合香的刀子一刺進我的身體就是機會，如果只比力氣，男生的惠一一定占上風，你就朝脖子或是心臟攻擊下去。」

知道五十鈴意圖的惠一，微微點頭後便重新調整拿刀姿勢。面對惠一的動作，百合香向後退了半步。

「沒時間再讓妳閒耗下去了，百合香。差不多也快到了姬子和沙織會合的時間。妳待在這狹小的路中好嗎？如果姬子跟沙織從後面出現的話，右邊可是牆壁，左邊可是大樓，前面就是我們，妳根本就逃不了喔。」

百合香聽五十鈴這麼一說，漆黑瞳孔裡的鬥意隨即消失。她一邊警戒惠一他們一邊緩步地向後退。

「……呿，還想說是個打倒最終大魔王的機會，小百合香還真是unlucky（運氣不好）欸。」

百合香揚著及腰的黑髮離去，消失在大樓陰暗處。

惠一才鬆了口氣，五十鈴馬上用力抓住他的肩頭。

「惠一，拿鐽子的事情先暫停。如果百合香在這附近，還是先和沙織會合要緊。」

「知道了，我們馬上走吧。」

惠一和五十鈴一起動身回去。

先前的空地才剛進入視線，跑在前頭的五十鈴卻停下了腳步。

「……騙人的吧……怎麼會這樣……」

五十鈴自言自語地呢喃著，下一秒惠一便理解了她呢喃的原因。他看見全身布滿鮮血的沙織倒在地上，立刻喊叫她的名字奔上前去。

惠一扶起沙織的肩膀，雙手隨即被血沾染。她的制服所在處滿是刀子插入的痕跡，鮮血從傷口處一直不停的狂流。

「到底是刺了多少刀……簡直無法相信……」

惠一的身後傳來五十鈴悲憤的聲音。

「啊……」

忽然間，沙織睜開了原本緊閉的雙眼望向惠一。

「惠、惠一……嗎？」

「沙織同學、妳看得到我嗎？」

「嗯……」

沙織一臉蒼白地露出微笑。

「……我看見……三個人。野野村琴美同學……和進藤紗希同學還有鈴原翔子同學。大、大家都拿著刀、刀子……要、要注意……」

「嗯。我知道，我知道了。」

「她們有問我基、基地的事……但是我沒有說喔。春香……同學似乎也……也是……」

沙織說話的聲音越來越小，惠一將耳朵湊近，嘗試著努力聽。

「惠、惠一……對不……起……」

「為什麼要道歉。沙織同學沒有做錯什麼啊。」

「你一、一開始先選……擇了我、而我卻幫不上什麼……忙……」

沙織說完後，身體忽然一震，眼皮還未闔上便停止了呼吸。惠一拚命地叫著沙織的名字，不停搖晃她的肩膀，卻沒有任何反應。

他的眼淚，滴落在沙織蒼白的臉頰上。

「為什麼……為什麼要殺人。為什麼……」

惠一緊抱住沙織逐漸冰冷的身軀，放聲大哭。

惠一和五十鈴將沙織的遺體移到隔壁大樓的一間房裡。他們讓沙織橫躺在大型辦公桌面，並把窗簾蓋上遺體。之後，兩人沉默地一同前往計畫中探索的大樓。

距離約定時間已經超過了一小時，兩人腳步卻完全沒有要加快的意思。

彷彿穿了鉛做的鞋子一樣。

一抵達目的地所在的四層建築大樓，一臉不悅的姬子馬上出現在走廊。

「太慢了，惠一。照計畫，約定一小時前就要到這裡了不是嗎？」

「對不起……姬子同學。」

「什麼啊，那個臉。是沒有找到卡片嗎？算了，我也沒抓到任何人。真不知道那群傢伙到底跑去哪……」

原本說話還很有活力的姬子忽然表情一變。

「惠一，沙織在哪裡？廁所嗎？」

「……對不起。」

「對不起？你說對不起是什麼意思？還是沙織在基地裡嗎？」

面對姬子接連不斷的詢問，惠一搖著頭什麼都說不出口。

「什麼啊……為什麼沙織不在這？五十鈴，妳應該知道吧？」

「沙織……被殺了。」

五十鈴努力地擠出聲音回答後，姬子的臉瞬間凍結。

「……為什麼沙織被殺了？你們不是三人一起行動的嗎？」

「那時沙織掉進陷阱裡沒有辦法動彈，惠一同時遇到百合香突襲……我去幫忙，回來以後沙織就被殺了，身上被刺了好幾十個洞口……」

「什……」

姬子發出悲憤的聲音，握著警棍的拳頭也止不住地顫抖。

「為什麼，為什麼會被刺那麼多傷口？」

「似乎是想要問出我們的基地在哪，但是沙織……她的身體被刺滿了洞，卻還是不說。」

眼淚不停地從五十鈴眼眶滑落。

「沙織那個笨蛋！反正都會被殺，隨便扯個謊不就好了，這樣死得也比較輕鬆啊。」

「是誰殺了沙織？五十鈴。」

姬子陰暗的聲音迴盪在走廊。

「野野村琴美和進藤紗希，還有鈴原翔子三人。沙織在最後告訴了我們。」

「野野村琴美、進藤紗希……還有鈴原翔子是嗎……」

姬字重複著五十鈴的話語，唸出敵隊少女們的名字。

就在此時，大樓外頭傳來女性的聲音。

『西區的基地現在使用了〈懸賞卡〉，指定對象是北条春香。若將北条春香殺害的隊伍贏得了勝利，總獎金便會增額一千萬元。』

喇叭傳來的聲音迴盪在走廊上。結束後不久又再度響起。

『西區的基地現在使用了〈懸賞卡〉，指定對象是北条春香。若將北条春香殺害的隊伍贏得了勝利，總獎金便會增額一千萬元。』

「竟然連續使用『懸賞卡』……」

聽見了惠一所說的，五十鈴不禁跌坐在地上。

「他們接下來是要打算殺了春香……」

「先回基地吧。我們也找了九個小時以上了。」

姬子察覺了五十鈴的異狀，決定先休息再說。五十鈴的瞳孔中失去了氣力，她僅僅發呆地盯著走廊的天花板。也許認為沙織的死跟自己有關吧。

惠一緊握住五十鈴的手，強行把她從地上拉了起來。
三人沉默地走出大樓，往基地的方向前進。
他們用掛鎖的鑰匙打開大門，回到基地。三人的視線都集中在末端裝置。主畫面上，敵對士兵和己方士兵的照片都在上頭，已經死亡的士兵照片會變成灰色。如果春香的照片也是灰色的話，代表久流魁人他們使用『懸賞卡』之後就殺了春香。
惠一邊在心底祈禱，一邊靠近末端裝置。春香的身上已經被他們使用了三張『懸賞卡』。這樣一來如果殺掉春香，而久流魁人他們又贏得勝利的話，原本的一億三千萬獎金將會增額到一億六千萬。這些金額若已讓他們滿足，春香應該就已經被殺掉了。惠一緩慢地將視線轉向螢幕。
小翼和沙織的照片已經轉為灰色，就在惠一看見春香的照片也同樣是灰色的瞬間，惠一當場雙腿無力地跪在末端裝置前。
『懸賞卡』被指定使用在春香身上是十五分鐘以前。也就是在那之前，春香都還活著，一直到卡片使用後才被殺。雖然無法得知春香是被怎樣的方式殺害，但灰色的照片已經證明她已不在這世上的事實。
五十鈴看著緊咬下唇、渾身發顫的惠一，深深地吐了一口氣。
「春香也死了對吧？」

「……嗯。」

「那麼，就只剩下我們三人了嗎？」

「嗯，只剩我和五十鈴同學還有姬子同學三人。」

「看起來，是我們輸了呢。」

五十鈴發愣地抬頭盯著天花板道。

「對方六個人全都還活著，如此一來全員突襲我們也好，或是怕有個萬一，用弓箭或是槍枝類的來對付我們都可，總之想怎樣就怎樣了吧。」

「說得……也是。」

「老實說，我本來認為我已經做好覺悟了。」

「覺悟？」

「參加13遊戲的覺悟，也就是自己會被殺以及殺死對方的覺悟。我想對方也是如此。所以遊戲內的互相殘殺，就是在彼此都同意的狀態下發生的。」

五十鈴用食指彈了一下冰鑿的尖端，鏗的一聲隨即響徹在走廊間。

「但是實際參加之後卻完全不一樣。不管是對自己會死的恐懼或是殺死對方的恐怖，根本就跟想像中的不同，也無法想著自己的同伴一個個被殺掉。」

「我也是認為平分獎金可行才參加這比賽。」

「看來我們大家都是蠢蛋呢，被錢迷惑，最後丟掉性命。」

「等一下，五十鈴。」

姬子拍了五十鈴的肩頭。

「又不是確定我們會輸。」

「難道妳有什麼好的作戰方法嗎？」

「是啊，一個能起死回生的方法。」

姬子邊說邊把視線轉到坐在地上的惠一。

「惠一，現在我們還有多少金幣？」

「現在手上還有九枚，加起來總共應該是……三百六十一枚。」

「既然這樣，使用『半價卡』的話就能買了。」

「妳打算要買什麼？」

面對惠一的詢問，姬子先打開末端裝置的道具項目欄，指著上頭某項道具後才開口道。

「首先從百合香開始！」

第五章

The greatest friend

姬子一個人走在東區的小巷裡。

她手裡拿著冰鑿，背對大樓斑駁的牆壁朝小巷的另一頭前進。不久後，巷子的盡頭隨即顯現一根巨大的白色圓柱。

圓柱的本身就如大樓一樣寬，上半部銜接著晦暗的天花板。

周圍被高三公尺的鐵絲網圍繞著，前方還有一堆施工用的建材堆積在上面。姬子不安地巡視眼前堆疊成山的建材。

就在此時，姬子的身後有顆小石子彈了出來。她緩緩地轉身一看，百合香彷彿是為了故意堵住路一般地站在那裡。

百合香手拿藍波刀，露出粉色的舌頭舔了舔嘴唇。

「這不是中頭目(中boss)的小姬子嗎？被發現了！哈、其實是小百合香一直跟在妳後面就是了。」

「我知道。剛才我在大樓暗處看見妳閃過的黑髮，我想妳那髮型一點也不適合躲藏。」

「欸？早就被發現啦。既然這樣，妳走進沒有逃生處的小巷好嗎？武器拿的也是冰鑿，小百合香倒覺得還是警棍比較適合劍道部的小姬子呢。」

「我想如果是警棍的話，也許妳會警戒而不靠近我。」

「嗯？妳說話的方式真奇怪，好像是等小百合香去襲擊妳一樣。」

「沒錯，我就是在等妳。就從妳殺了小翼的那刻起。」

姬子瞇起眼睛。

「那又如何？這遊戲不就是這樣嗎？」

「的確是。這就也代表著，我把妳殺了也完全沒問題。」

「嗯。但是小姬子可是殺不了小百合香的唷。」

百合香將手中的藍波刀拍向自己左胸前。

「為什麼妳會這麼想？」

「因為小姬子是運動員啊。就算妳在劍道比賽裡很強，但是互相殺死對方就不同了吧。」

「是啊，的確曾經是。但現在不一樣了。我迫不及待地想要殺了妳……不、是你們，將小翼……沙織還有春香殺掉的你們所有人。」

姬子用著低沉的語調，聲音還有些顫抖地道。

「哇——小姬子是要認真來的意思嗎？真不愧是中頭目欸。」

「妳這殺人魔再說一次試試！」

「竟然叫人家殺人魔，小百合香可是只殺了一人而已唷？」

「妳在13遊戲以外已經殺了三人了吧！」

「啊——那個啊。那也跟這遊戲一樣啊，那群傢伙用霸凌的方式害死了哥哥，那麼小百合香把他們殺了也沒關係吧？規則一樣嘛。」

「規則一樣嗎……果然不能讓妳活在這世上呢。」

姬子將冰鑿轉向上方變成拿小刀的姿勢。看見這樣的動作，百合香噗哧一笑，也讓她臉頰上的兩顆黑痣向上挑了些。

「用錯方式嘍，冰鑿應該是要前端朝下才對。」

「沒關係，因為……我就是要這樣使用！」

姬子順著氣勢大喊，接著就把冰鑿丟向百合香的臉。

一瞬間，百合香手持著藍波刀也跟著動作。她把還差一秒飛到眼前的冰鑿彈飛，隨著一陣金屬聲響起，冰鑿一同掉到了地上。

最先反應過來的百合香迅速踩住掉在地上的冰鑿。但一旁的姬子卻是奮力地跑到另一邊去，之後在數公尺遠的地方停了下來。

面對姬子預料外的動作，百合香一臉詫異地將冰鑿撿起。

「小姬子，為什麼妳不逃？小百合香還以為妳拿不到冰鑿想要逃走呢。」

「逃走？都把妳逼到死巷了我幹麼逃？」

「嗯？位置來看的確是這樣啦。但是小姬子手邊並沒有武器，想怎樣也無法嘛。」

「很不幸的，我可是能調到最強的武器喔。」

隨著姬子這麼說道，上方馬上掉下一個棒狀物體，姬子順勢在空中一手接下。

百合香的表情一變，嘖了一聲便朝上方望去，看見五十鈴跟惠一在一棟大樓的三樓窗邊。

百合香的眉毛微挑。

「……一開始就是要把小百合香騙到陷阱裡嗎？」

「答對了。我們知道妳喜歡一人單獨行動，那只要把妳引來，之後再用這個把妳殺掉。這樣是不是很完美的作戰啊？」

姬子拔出剛才從惠一那裡接住的武士刀。刀身閃著晦暗的光芒，彷彿一觸碰就會被切斷一樣。

「我的國王非常大方，笑著買了價值金幣四百枚的武士刀給我呢。不過也是用了『半價卡』買的就是了。」

「呿！一直使用這種卑劣的手段。小百合香真是失望。」

「中頭目角色大部分不都是卑鄙的嗎？」

姬子將武士刀舉平，並平移腳步緩緩靠近百合香。

配合姬子的動作，百合香也把左手的冰鑿擺至胸前，將右手的藍波刀下移到腰的位置。兩腳微張，並保持前傾的動作緩步退後。

「妳後面已經被建材小山跟鐵絲網封住了。不管是要逃還是迎戰都只能往前嘍。」

「知道！吵死了。」

百合香的態度已感覺不到至今為止的從容。她緊咬著下唇，直盯著側邊猶如波浪花紋的刀鋒。

「來吧，殺人魔百合香。這就是你們所期望的互相殘殺的遊戲了。」
「唔——只是得到個武士刀就踐成這樣，小百合香不爽了唷。」
「隨便妳爽不爽，不過我勸妳動作要快喔。等等惠一他們下來，到時三對一，妳的勝算就變零嘍。」
姬子的話才剛說完，百合香馬上採取動作。她右腳向地面一蹬，迅速縮近彼此距離。
百合香用藍波刀抵住姬子的武士刀，一個跨步後轉身就來個迴旋踢，讓姬子的身體當場拗成く字彈了出去。
本想順勢上前的百合香，被空中一閃而下的武士刀阻擋下來。
百合香又嘖了一聲，向後退了幾步。
「用武士刀根本犯規嘛，刀身那麼長，還沒進入範圍內就先被攻擊了！」
「入手強力武器讓自己處在有利的局勢不也是『這樣的遊戲』？那還有什麼問題？」
「……總覺得，小姬子的個性真令人討厭欸。」
「儘管如此，我還是被稱為劍道部的溫柔主將呢。本打算妳死了以後，我會雙手合十，再用著快忘記內容的經文幫妳超渡的說。」
姬子說完便衝上前，瞬間縮短了兩人距離，毫不遲疑地朝著百合香臉上一刀揮下。面對被擊中就會必死無疑的攻擊，百合香迅速倒向地面，轉用刺拳的動作揮動冰鑿，姬子的上衣隨即被劃破，接著百合香左手再次迎面刺來，馬上被姬子的武士刀給劃開。兩人一來一往的動作，忽然停了下來，百合香還拿著冰鑿的左手，就這麼直直地落向地面。

「啊啊啊啊啊啊啊啊啊！」

百合香馬上把藍波刀丟下，表情痛苦地用手按住左手腕。衣服的下襬被染紅一片，血也啪噠啪噠的滴在地上。

「……分出勝負了吧。」

姬子深深地吁了一口氣，低頭俯視跪在地上的百合香。

「有稍微瞭解到被殺者的心情了嗎？百合香。」

「……妳……妳竟敢將小百合香的手……不原諒……絕對不原諒妳！」

「不原諒我妳還能怎麼辦？反正妳都會死在這裡。難道妳該不會以為只賠償左手，我就會放過妳吧？」

「唔！」

百合香發出低鳴，瞳孔散發光芒猶如貓咪一樣。她趴在地板上，用著彷彿要射穿姬子的眼神直盯著她。

「……了妳……」

「嗯？妳說什麼？」

「殺了妳殺了妳殺了妳我要殺了妳！」

如同狼嚎般的聲音響徹其中，百合香快速將掉在地面的藍波刀用嘴啣起，迅速採取低姿態轉身逃離。面對奔向盡頭的百合香，姬子還來不及做出反應，就看著她用不可置信的速度爬上堆滿建材的小山，接著伸出右手抓住裡頭的鐵絲上半部橫越過去。

巨大的聲音響起，一小部分建材崩落到姬子腳邊。身後的惠一和五十鈴正好趕來。

「姬子，百合香呢？」

「像貓一樣躍過鐵絲網了。」

「可惡！好不容易的機會卻讓她逃跑了嗎？」

五十鈴懊悔地咬住下唇。

「但這樣，百合香也不得不棄權了吧。」

姬子指著掉落在地面，還緊握著冰鑿的百合香左手。五十鈴一看到，馬上臉色僵住。

「這是……百合香的手嗎？」

「我兩手可都還健在喔，那的確是百合香的。」

「哈、哈哈……幹得好啊，姬子。」

五十鈴露出雪白的犬齒，不停地拍打姬子肩頭。

「就算是百合香，受了這麼大的傷也無能為力。儘管她用盡力氣逃走，也會因為出血過多，現在差不多是瀕死狀態了吧。」

「也……是呢。」

姬子凝視著沾在武士刀上的血跡，黯淡的刀尖開始不停抖動。

不久跟著蔓延至全身。

「可惡……怎麼會這樣……」

姬子踢起眼前的塑膠管，隨後落在崩落的建材深處。

「看人自相殘殺有那麼好玩嗎！」

姬子面朝巨大圓柱上的攝影機大叫道。她把武士刀丟出去，又撿起地上的水泥碎石不停地扔向攝影機。

原本還呆望著姬子行為的惠一，忽然回神過來，從後方抱住姬子阻止她。

「姬子同學，不可以這樣！如果故意破壞攝影機可能會被處罰致死。」

「可惡……為什麼……」

姬子眼眶泛淚，直直地跌坐在地，並用拳頭敲打滿是刀痕的地板。

惠一緊緊地握住姬子的手。

他能夠理解姬子的心情。儘管對方是奪去小翼性命的敵人，但在面對殺戮時還是需要相當的覺悟。即便是做好了準備，讓對方受到可能會危及性命的傷害時，多少還是會心裡掙扎。

五十鈴將手放在姬子微微顫抖的肩上。

「姬子不用去在意任何事。如果妳不殺百合香的話，就是我們會被殺。妳可是保護了我們啊，對吧？惠一。」

「嗯。而且決定作戰的也是我，姬子同學只是服從了我的命令而已。」

惠一毫不猶豫地答道。這不僅僅是為了姬子，也是為了說給自己聽的。

當姬子指著道具項目裡的武士刀時，惠一就決定戰鬥了。

如果自己一死，姬子跟五十鈴也會因為殉死模式發動而死亡。就算是自己死後的事，惠一還是不希望發生。

除此之外，還有一件事情吞噬了惠一的心智。

那就是憤怒。這比知道自己的父親背叛母親的時候還要令他憤慨，他的心智完全被這樣的情感侵占。他恨死了殺了小翼、殺了沙織、殺了春香的敵方，以及明知道有平分獎金的方法，卻還是選擇戰鬥的久流魁人。

姬子決定打算爭鬥的心也感染了惠一，讓他以國王的命令向姬子與五十鈴傳達戰鬥的決心。為了幫被殺的三人復仇、為了不想死，還有再也不希望同伴被殺的心情，已然讓全隊的意識改觀。他們不再是被動地把目標放在平分獎金上，而是為了存活必須要贏。這也就代表著在13遊戲裡，他們必須要殺掉敵方。

「這樣一來，敵方也會難以靠近東區了吧。」

「沒錯。既然攻擊要角百合香被擊敗了，對方必定會判定前來這裡會很危險，再來應該也會知道姬子手邊有武士刀的事。」

五十鈴邊回答惠一邊撿起地上的冰鑿，並皺著眉頭將還握在上頭的手拿掉。

「不過現在依然是敵方有利，他們還有四個人，可以只在自己區域探索找出『死神卡』後再殺了我們。我想他們大概會採取這方法吧，畢竟已經沒有誰能夠和持有武士刀的姬子抗衡了。」

「所以不能讓他們自由找尋卡片。」

「就是這麼回事。要讓他們知道，即便是在西區搜索也一樣危險。」

「那麼現在我們就前往西區，實行那項作戰吧。」

惠一用毫無抑揚頓挫的低沉語氣說。

「你說現在還真是急促呢。」

「現在敵方應該不知道百合香受傷一事，而還在探索當中，那麼分別行動的可能性就會很高吧？若實行那項作戰後讓他們一警戒，一定會變成大家一起行動，到時就沒有辦法突襲，所以我認為現在就是最好的機會。」

「但是如果要實行的話，在地理位置熟悉的東區比較好吧。況且也早就找好了設置陷阱的地方。」

「我們之前也去過一次西區，手邊也有地圖，如果是五十鈴同學一定很快就能找到設置陷阱的地方吧？」

「應該，算是可以吧。」

「既然如此，身為國王的我就下令，前往西區，再讓敵方一名士兵掉入我們陷阱裡。」

「命令嗎……」

五十鈴看著惠一，不覺嘆了口氣。

「惠一真的是個濫好人啊。你是為了不讓我們感到罪惡才故意說是命令對吧？」

「才不是呢。決定隊伍方針的就是身為國王的我。也是我決定向百合香設陷阱以及決議實行那項計畫，五十鈴同學跟姬子同學只要順從我的命令就好。」

惠一所說的話讓姬子起了反應。她睜開充滿血絲的眼睛，有些不自在地凝視著惠一。

「嗯？怎麼了嗎？姬子同學。」

「不，沒什麼。比起這個真抱歉，讓你看到了這一面，明明都已經在心底做好覺悟了。」

「會這樣也是理所當然的。只是如果為了要讓我們生存……」

「我知道，惠一。我不會再迷惘了。敵隊剩下的五人，我會全把他們打倒。」

姬子挺立地站起身，撿起地上的武士刀。

「只要有這個，一對一的戰鬥我就絕不會輸。就算對方是久流魁人也是。」

「如果妳輸了我會很困擾。因為我打算要贏得比賽，讓三人都存活下來。」

「這也是國王的命令嗎？惠一。」

惠一大大地點頭，也讓姬子的表情稍微和緩。

「我知道了。國王的命令是絕對的嘛，三人一起活下去吧！」

三人沉默地交換了視線。

惠一不經意地抬起頭，看見設置在圓柱上頭的攝影機正對著自己。

巨大的鏡頭在惠一看來就像是怪物的瞳孔，操弄著人的感情使之自相殘殺的邪惡怪物。那瞳孔的深處，彷彿浮現出沉浸在這瘋狂遊戲裡的某人，一邊啜飲著價值不菲的高級酒品，一邊用著好奇的眼神觀察惠一他們行動，如此這般的醜陋姿態。

但是即便如此，惠一還是選擇存活。就算會令這雙手沾滿血跡。

第六章

Desperate counterattack

某種東西的滾動聲響，讓鈴原翔子身體微微一震。

她停下探索，從醫院的櫃檯處透過玻璃向外確認。視線裡並沒有人影出現，但是為了小心起見，她還是走出去巡視了一下四周，接著便移步至十字路口。

確認好每個方向都沒有人影後，翔子才吁出好大一口氣，將身體靠在一旁的大樓牆上。

只要一感到危機就移動到十字路口——這是翔子單獨一人時所遵循的作戰方式。

她不介意自己被看到，反而更在乎的是能確保多條的逃生路線。

剩下的只需在發現敵人的時候，往沒人的方向逃跑就好，她有自信這樣就絕對不會被抓到。

在被監禁的圓形房間裡，翔子注意過周遭少女們的腳。

如果是平常就有奔跑的腳會有些晒痕，肌肉的生成也不一樣。她知道姬子跟春香有在維持某種運動，但並不是田徑社，若只單靠腳程的速度，她並不認為自己會輸。兩天前遇到的西區國王惠一也是，從他的外表看來不像是平常就有在慢跑的類型。

——因此、誰也無法殺了自己。

現在敵隊只剩下三人。儘管她跑步不太可能會輸，但畢竟是賭上了性命，還是不得大意。

由於田徑的成績一直沒有辦法成長，翔子才自虐性地參加這遊戲，但現在的她打從心底不想死。沒有被兩方國王選到而被處死的雪村那由。還有設置陷阱拷問後被殺害的沙織，以及被『懸賞卡』指定，後來由久流魁人一擊刺死心臟的春香。這三人鮮明的死相浮現在腦海裡。

某方面來說，她們的死倒是讓翔子找回生存的力氣。

等到遊戲結束後，她考慮重回田徑社。

參加了這攸關生死的遊戲讓她的精神受到鍛鍊，她有一股預感，一直無法突破的紀錄將會有所不同。和13遊戲比起來，高中的田徑比賽實在是太簡單了。如果沒有殺人來贏得比賽的覺悟，那就不可能突破自己的極限。

——沒錯，她就是利用殺人來超越自己的極限。

每當自己將刀子刺入沙織的身體時，翔子的心就會不覺一震。直到恐怖的感覺轉換成歡喜，原本如同玻璃易碎的精神也彷彿幻化成鋼鐵般堅硬。她相信如果是現在的自己，不管怎樣痛苦的練習都一定能撐過。

翔子的思緒被數十公尺遠的人影打斷。

當她一察覺那影子是五十鈴的瞬間，馬上就往反方向逃跑。一下子就把追趕在後的五十鈴甩在後頭。她揚起笑容，拐過大樓轉角，卻看見惠一出現在眼前。

翔子嘖了一聲又改變方向，朝北面巷子奮力奔跑，之後轉向西邊。就在她正要通過半毀狀態的廢墟大樓間，拿著武士刀的姬子隨即出現，堵住了路口。

只見翔子將力量注入腳下的運動鞋，一瞬間便改變了方向朝另一頭逃去。

她踩著小巷的路跑著，清楚地意識到自己正被狙擊，不覺起了雞皮疙瘩。擔任軍師的野野村琴美認為敵隊的人數只剩下三人，所以很有可能會待在東區找尋『聯合勝利卡』。因此，久流魁人才會指示她單獨進行搜索，但似乎反被對方擺了一道。

五十鈴又出現在翔子的前方，像是要堵住不停奔跑的她。

翔子倒抽了一口氣，再次改變行進方向。不久視線前方又出現姬子的身影。緊迫關頭下，翔子在十字路口又向北轉，一口氣加速跑了一會後轉身查看，只剩姬子還在後頭追著，五十鈴已不見蹤跡。

翔子也發現惠一他們是經過縝密的計畫在追捕她。不管她如何想要逃進西邊，對方總是能先行一步擋住她的去路。

翔子逐漸被逼到東區。

在確認西邊跟南邊都站著惠一跟姬子後，翔子做了一個決定。她打算一口氣朝北邊奔跑，之後沿著牆壁繞到東區的前面道路，然後再往南一路直行到底轉向西邊和同伴會合。如果這樣惠一他們依然不放棄追來，到時已會合的己方也可以憑恃著人數較多，反過來狙擊敵方國王。

——只要殺了惠一，遊戲就結束。

翔子轉向北邊加速腳步，一見到前方出現巨大牆壁，立即蹬起右腳踩向牆壁奔跑，她一邊沿牆跑向東面，一邊計算著往南跑的時機。她朝後方瞥了一眼，只看到惠一，想必其他人正繞向別的地方要包圍她吧。

翔子又把速度提高，不一會兒就拉開了與惠一的距離。直到確認即使是男生的惠一也追不到自己後，她才緩緩地放慢速度確認周遭。就在此時，她看見往南的通道被一堆建材跟鐵鍊封起，翔子瞬間停下腳步。寬四公尺左右的小巷兩旁，被人放置一堆直立的板子，纏繞著層層鐵鍊，前方也疊了許多桌椅，目的就是為了不讓人能輕易通過。

雖然不算是完全的路障，但是要逃出還是得花些時間。

翔子咬緊牙關，繼續往東邊跑，沒想到遠遠的又看見一樣的路障。在確認下一個T字路的南側，一樣被建材跟鎖鍊堵死後，她愕然停下腳步。

翔子發現自己已經掉進了陷阱，不禁冷汗涔涔。

遠方的惠一也越來越靠近，她想過乾脆用口袋裡的摺疊小刀與惠一戰鬥，不過對方也一定拿著武器。

如果雙方處在同等條件上，想要贏過孔武有力的男生不太可能。翔子決定轉身繼續向南逃跑。

她逃到巷子的路障前，手腳並用地直接攀爬上去，死命地要從隙縫中逃到對向。但身後惠一的腳步聲逐漸靠近，一想到對方可能會從後方刺殺自己，翔子就恐懼得不得了，便更努力地扭動身軀，好不容易才從桌子間隔中逃脫出來。

而就在翔子站起身的瞬間，腹部忽然感到一陣疼痛。

她低頭一瞧，發現自己的左腹有個冰鑿把柄，彷彿是從裡頭生出來一樣地插在上頭。

接著她將視線往上移，五十鈴正站在自己面前。

「真是可惜啊，本來只要擺脫這就能逃走的。」

「唔……鳴海……五十鈴……是妳這傢伙設置的路障……」

「沒錯，我馬上就做出了三個。就如妳看到的，其實只要花點時間就能通過，但如果只是要拿來拖延時間的話就綽綽有餘了。」

五十鈴一邊淡然回答，一邊確認翔子身上的冰鑿。

「我可是使勁的刺了呢，還好妳還能說話。」

「還、還好？」

「因為我打算要在妳死前問出西區的基地在哪。還有，連同久流魁人的情報一起問出來。」

五十鈴從裙子裡的口袋拿出黃銅釘。

「不過算妳運氣不好被我抓到。如果是惠一或是姬子應該做不到這種地步吧。」

「什麼叫……這種地步？」

「拷問啊。妳該不會要說妳忘了沙織的事吧？她最後可是告訴我嘍。妳們這群傢伙拷問她，打算要問出東區基地的事！」

「啊，唔！」

翔子睜大了雙眼，額頭上不停地滑落大量汗水。

「不說也沒關係，我也只想確認妳有沒有跟沙織一樣，就算全身被插滿了孔洞也不打算說出的氣魄。」

五十鈴面無表情地抓起翔子的左手腕。

「唔……」

一想到拷問的恐怖，翔子便忘了自己身上還有傷，強行將五十鈴的手甩掉並推倒她。隱約中她看見遠方有條直行到底的狹窄通道。

翔子不顧腹部還插著冰鑿就衝了出去，後方五十鈴喊叫的聲音越來越遠。她經歷日晒的雙腿踩在路上奔馳，額上的汗水飛散其間。

她從未感受過自己的身體能如此輕盈，彷彿只剩下一半的體重。

周遭的空氣就像肥皂泡泡一樣，每當翔子前進的時候便會自動劃分開來，造出一個無阻力的道路給她。

直到剛才的恐懼感已全數消逝，只剩歡喜的淚水盈滿雙頰。

——為什麼都沒有人在計時呢？

她雖然在心底抱怨著，卻還是繼續在廢墟街道上奔跑。

已經沒有任何人在後頭追她。不，該說是沒有任何人能追上她了。

不管惠一他們設置怎樣的陷阱，都再也無法阻擋這雙腳的奔馳。

翔子勾起嘴角，又加速了雙手擺動的速度。

她看見眼前巨大牆壁的那一刻，用力地吸了好大一口氣。
就在這麼一瞬間，周圍的景色卻傾斜了，角度越來越大，直到最後呈現九十度才如同靜止畫面般停了下來。明明正擺動雙腳跑著卻沒有踏地的實感，彷彿跑在空中一樣。接著她發現制服的左側溼了一大片。是被冰鑿刺傷的關係嗎？雖然感覺不到疼痛，卻覺得身體有些發冷。
——她需要運動背包裡的藍色毛巾。那猶如夏日晴空的藍色毛巾。在哪……到底放在哪了呢？在哪裡……
惠一低著頭，看著倒在路中央的翔子。她的眼睛不再眨動，大量鮮血染紅整塊地面，證明她早已死亡。
站在一旁的五十鈴緩緩張口道。
「沒有得到對方什麼情報。」
「沒關係。可以的話，我也不是很想拷問。」
「嗯……」
「五十鈴同學……」
「你不用說什麼沒關係。」
五十鈴將右手手掌貼至惠一的嘴邊。
「我只是做了我一開始就做好覺悟的事。而且也是對方想先殺了我們，要說罪惡感頂多就像闖紅燈一樣。再說……」
「再說？」
「總不能讓姬子一直做這些骯髒事吧。」
五十鈴將視線移到奔跑過來的姬子身上。
「說得也是。」
惠一在翔子的屍體前蹲下，伸手幫她闔上了眼皮。
「五十鈴同學，能幫我搬動鈴原同學的腳嗎？」
「你想做什麼？」
「把她放置在馬路中央有點可憐，我想把她移動到附近大樓再蓋個布上去，這樣也不會讓攝影機照到。」
「像沙織那樣？」
「嗯。女孩子不會喜歡自己死後的樣子被別人看見吧，再說現在鈴原同學也已經不是敵人了。」
「死了就不分敵我了呢。」
五十鈴深深地長嘆一口氣，搬起了翔子的腳。
他們將翔子的屍體移到最近的大樓，幫她安頓好後再用窗簾布蓋上。設置在天花板上的攝影機像是對惠一的行為表達不滿一樣，一直轉動著鏡頭。

就在此時，大樓外頭傳來女性的聲音。

『現在，西區的基地使用了〈停戰卡〉，請各位參賽者停止一切戰鬥及探索，並於一小時內返回基地。之後的十二小時禁止外出。此外，若於一小時內未返基地的參賽者將會被處刑，請各位多加注意。』

就在聲音結束的同時，姬子開了口。

「鈴原翔子死亡的事情看來已經被他們知道了。」

「嗯，久流魁人用末端裝置看到的吧。想必百合香也傳達了我們開始反擊的事。那麼為了重新討論作戰策略就必須要點時間，所以才會使用『停戰卡』吧。」

「呿，本想再多讓一個人掉入陷阱裡的。」

「已經算不錯了，現在敵方能行動的也只剩四人。野野村琴美、進藤紗希、北条夏美跟國王的久流魁人。百合香就算還活著也不能動了吧。」

五十鈴邊扳著手指邊道。

「北条夏美嗎……可以的話真不想殺她。」

「畢竟是春香的妹妹啊。不過，要是對方攻擊過來的話——」

「我知道，我不會手下留情的。」

姬子毫不猶豫地將武士刀舉起。

惠一他們回到基地十五分鐘後，『停戰卡』的緩衝時間也結束，外頭的一切進出都被禁止。
站在門前把風的五十鈴將冰鑿放在地板上。
「終於進入了和平的十二小時，不過要做的事很多就是了。」
「吃飯跟睡眠對吧。」
「比那還重要的是接下來的方針啦。不過我們已經處在有利的一方，只需考慮攻擊就好。」
「有利的狀況？可是對方人數比較多喔？」
面對惠一的質問，五十鈴露出犬齒一笑。
「的確，能行動的話，對方是比較多沒錯，但我們這可是有王牌外加武士刀加持的姬子喔。再說，現在對方的探索也變得相對困難了許多。」
「因為擔心我們會再次襲擊西區？」
「那也算理由之一，但最大的理由是鈴原翔子死掉一事。久流魁人應該會考慮到基地會被鈴原翔子說出的可能性，因此就必須採取跟目前為止不同的做法，將防禦一事也考量進來。」
「明明我們根本也不知道基地在哪。」
「在無法確信以前，他們也只能守著基地啊。如果是在沒人的時候被潛入，只要破壞末端裝置，就能讓他們使用不了卡片。」
五十鈴跳過鋪在地上的毯子，移動到末端裝置前。

「金幣只剩下六十六枚，雖然不至於煩惱吃飯，但也沒有辦法狙擊軍糧了。要是對方的金幣比我們還多的話，可就自找麻煩了。」

「對方有沒有可能反過來使用『沒收卡』，來狙擊我們的軍糧呢？」

「應該是不會。對方的人數比較多，只要他們每吃一次飯就會讓我們變得更有利。再來還有從久流魁人的性格來看——」

五十鈴指著螢幕上久流魁人的名字。

「他是非常好戰的。比起長時間的戰略，他更喜歡單純的決勝負，像是用盡全力殺死對方之類的。」

「如果之後他們依然用這樣的方式來襲，我可是不會輸的。」

姬子倒臥在毛毯上回答道。

「等到『停戰卡』的效果一結束，我們就前往西區，殺了久流魁人結束比賽。」

「但問題是，我們並沒有關於久流魁人的任何情報。如果能看到外表，至少還可以推斷是文系還是體育系的。」

「不管是哪系都沒問題。只要用武士刀，沒有人是我斬不了的。」

「還是不要太樂觀，從現在開始，對方也會變得更認真。再說，我們之中最有可能被狙擊的就是妳了，姬子。」

五十鈴朝螢幕裡的姬子照片敲了下去。

「這張照片若是變成灰色，我們就確定輸了。」

「我才不會被殺。不，惠一跟五十鈴也是一樣。我們會贏得這場遊戲的。」

蘊藏著姬子決心的聲音迴盪在房間裡。

惠一也有同樣的想法。為了保護姬子跟五十鈴以及贏得比賽，他已經做好了殺死敵方的覺悟。姬子跟五十鈴的手早已沾上了鮮血，這不僅是為了要存活下去，還有為了不再讓同伴被殺。只是每當惠一想到殺人一事，不知對這兩個少女來說賦予了多少痛苦，他的心就會跟著一起痛。

惠一的腦海中，浮現出根本還未見過面的久流魁人身影。

現狀看來，惠一他們是處於優勢沒有錯，敵方的百合香受了重傷，已經沒有人能和手持武士刀的姬子互相抗衡。就算久流魁人通曉某種武道，和姬子直接對決還是有很大的風險吧。

——既然這樣，久流魁人會採取怎樣的下一步呢？

從久流魁人至今為止的行動顯示，他不會因為處於不利的關係，就把目標改為平分獎金，惠一確信他一定會選擇想要贏得勝利。

即便惠一他們是處於有利的狀態下，也絲毫不可以大意。

惠一瞪著螢幕上久流魁人的名字。

惠一用末端裝置點了三個漢堡。吃完飯後，他們補充了六個小時的睡眠，接著開始準備作戰會議。姬子提議獨自一人前往西區狙擊久流魁人，但卻被惠一駁回。

惠一預測，身處不利立場的久流魁人為了打破現狀會採取的行動，到底是會狙擊惠一讓遊戲一次就完結？還是先把目標放在王牌的姬子身上？

只要姬子被殺掉的話，惠一他們就會失去有利的因素。身體數值都只落在平均值的五十鈴，大概無法保護惠一吧。也不知道對方會用哪種方式來襲，但若是久流魁人有考量到其中一個方法的話，把戰力分為兩邊就變得很危險。

五十鈴也贊同惠一所想的，於是決定以三人同行的作戰方式為設想條件。

「最保險的做法就是，再使用一次陷阱將他們一個個引誘進來。不過那會讓我們分散開來，所以必須要做點修正。」

「要怎麼修正？」

面對惠一的問題，五十鈴指向貼在水泥牆上的地圖。

「全員潛伏在設置好的路障大樓前，然後再將進入小巷的傢伙以三人之力合力解決。這就是最安全又實際的方法。」

「這樣的話，如果對方不進入小巷就無法實行對吧？」

「所以潛伏的地方就要選在最高處。可以由一人從那裡盯著設好陷阱的地方，另外兩人再去其他場所查看，一發現有人進入小巷就三人移動突襲。」

「從那棟大樓能看見的範圍，就只有西北邊的街道。若對方只在南側探索的話，就麻煩了呢。」

「所以南側的大樓部分，我們也要找個能監視的地方。若他們並沒有靠近西北邊的街道，那麼我們就往南移動捕獲他們。」

「但是三人都在大樓的頂樓不是有些危險嗎？搞不好可能反被對方突襲。」

姬子盤坐在毯子上說。

「畢竟頂樓沒有逃生的地方。」

「那麼我們就用鎖鍊跟掛鎖將所在監視地封起來，如果剛好也是他們沒探索過的大樓，搞不好會以為一開始就是被封住的。」

「那掛鎖沒辦法鎖的大門怎麼辦？只有圓形把手的門也滿多的。」

「就用那邊現有的建材封鎖吧。不過發現獵物時的奇襲必須要能快速移動，就是必須先做出個地方讓我們能簡單進出。」

「原來如此。只是好不容易的機會卻只採取等待作戰很痛苦欸。好想把久流魁人殺了，快點從這遊戲解放的說。」

姬子伸了一個大懶腰一邊嘆氣著。看見這樣的姬子，五十鈴挑起眉毛。

「還是小心謹慎點好。雖然百合香已經算是棄權狀態，但對方還是很有可能拿到強力武器。」

「妳是指手槍之類的？」

「手槍必須要金幣兩千枚才買得到，只有這幾天應該無法。但若它同時也是稀有物品，那麼就有拾獲的可能。妳能用武士刀擋住槍的子彈嗎？姬子。」

五十鈴目光銳利地瞪著姬子。

「對方使用手槍的話那我也沒轍了。不過如果他們有槍，現在的我們早就輸了，遊戲也結束不是嗎？」

「也有可能是他們使用『停戰卡』後才找到，然後等大意的姬子一採取攻勢就直接報仇。」

五十鈴用右手比了個手槍的姿勢對著姬子。

「不過類似槍之類會壞了遊戲的稀有道具，不太可能那麼容易入手就是了，只是我們還是必須考慮到所有可能再做攻擊。」

「所有可能嗎……」

姬子喃喃自語道。

「沒錯。所以也要考慮到奇襲作戰不順利的話接下來該怎麼辦，惠一。」

「不順利是什麼意思？五十鈴同學。」

面對惠一的詢問，五十鈴雙手交叉至胸前。

「敵方可是活生生的人啊，最好不要想著他們會照我們的期望來動作。」

「妳意思是，他們也有可能在我們看不到的地方採取其他行動嗎？」

「就是那麼一回事。也許他們認為基地已經被發現，就只在周圍搜索卡片，或是往東區來移動搜尋。不然反過來找我們的基地也是很有可能。如果我們都先想好這些對應方式，到時若真的發生就能迅速地採取對策。」

「妳說得也是。」

「什麼叫說得也是。身為國王的惠一就要更為慎重才對。不過就性格直率的惠一看來，也比較不擅長思考這類將計就計的作戰吧。」

五十鈴用中指彈向惠一的額頭。

「離『停戰卡』的效果結束還有三小時以上，在這期間我就一邊想作戰方式，一邊教惠一許多關於將計就計的方法吧。」

「喂喂，不要把惠一弄成疑神疑鬼的性格喔，五十鈴。」

姬子噘起嘴巴不滿地道。

「我可是很喜歡惠一現在的個性。」

「那等到遊戲一結束，我就打惠一腦袋一拳讓他全部忘掉。」

兩人的輕鬆對話讓惠一笑了出來。

惠一本以為自己已經失去了笑的能力，沒想到兩位少女卻將他的笑容找了回來。

雖然從認識到現在才過了幾天而已，但對惠一來說，姬子跟五十鈴……還有，已經不在這世上的另外三名少女，都是他很重要的夥伴及戰友。

就在五十鈴將地圖貼在牆上，並在上頭寫著緊急會合場所的時候，末端裝置傳來女性的聲音。

『現在，西區的基地使用了〈停戰卡〉，請各位參賽者停止一切戰鬥及探索，並於一小時內返回基地。之後的十二小時禁止外出。此外，若於一小時內未返基地的參賽者將會被處刑，請各位多加注意。』

姬子連忙跑到末端裝置前。

「什麼啊！不是還有時間嗎？為什麼又用了一次『停戰卡』？」

惠一看了一下左手上的手錶。如同姬子所說的，離之前使用『停戰卡』效果結束還有一小時以上。

「是想要完全把我們關起來吧。」

五十鈴將雙手繞至腦後交疊，嘆了口氣。

「使用『停戰卡』會有一小時的緩衝時間。但如果是在效果結束一小時前重複使用的話，還沒出基地，緩衝時間就沒了。就是這麼一回事。」

「但這麼一來，對方也無法走出基地不是嗎？這樣到底有什麼意義呢？」

惠一一臉無法理解的表情詢問五十鈴。

「為了爭取決定作戰的時間啊。畢竟對彼此來說，接下來就是要決勝負的時候了。」

「明明就有十二小時還決定不了，是不是有點奇怪？」

「搞不好，久流魁人跟野野村琴美之間有些意見不合也說不定。久流魁人是屬於積極攻擊的類型，而野野村琴美應該是慎重派的。要守著基地還是要主動出擊，這種攸關命運的選擇，十二小時根本不夠吧。」

「精神上也被逼到極限了呢。」

「哼，那也是他們自找的。」
姬子舉起收在刀鞘裡的武士刀，朝水泥牆上一敲。
「惠一，你可不要告訴我，你想同情他們把目標改為平分獎金喔。」
「我知道。如果那樣做，反而很有可能讓我們變得不利，就算想要這麼做也沒辦法。而且……」
「而且什麼？」
「我也不認為對方會想要平分獎金。即便是現在，也一定正想著要怎麼贏吧。」
惠一緊盯著顯示久流魁人名字的螢幕回答道。
戰況雖然對惠一他們來說是有利的，卻也不是處於絕對壓倒性的優勢。戰鬥力高的姬子如果一被殺掉，情勢就會瞬間逆轉了。
而且在13遊戲裡，也準備了讓這樣的可能性實現的方法。
只要拿到能殺死敵方士兵的『死神卡』，姬子就算再怎麼厲害也沒有用。隱藏在銀色項圈裡的陶瓷刀，會直接將她的頸動脈割斷。
如果久流魁人得到『死神卡』，絕對會毫不猶豫的使用吧。為了要避免這樣的情況，他們就必須妨害對方搜索卡片，並在有利的情況下盡早決出勝負。
「這樣勝負就取決於誰能先看穿敵方計謀了。」
五十鈴咬著鉛筆這麼說著。
「決定敵方作戰方法的一定是久流魁人或是野野村琴美。進藤紗希雖然也算好戰派卻不是軍師的料。北条夏美就更不用說了。」

「要跟偏差值八十的天才少女鬥智，妳能贏嗎？五十鈴。」

姬子指著螢幕上的野野村琴美問道。

「如果是現在的狀況就沒問題。妳也在，就比較能好好思考接下來的對策，再說要比鬥智，將棋部的我還是占上風。」

「嗯，作戰策略也只能交給五十鈴跟惠一了。那我就先去洗個澡，畢竟又多了十二個小時要等待。」

待姬子離開去盥洗室後，五十鈴一掌拍向貼在牆上的地圖。

「為了十二小時之後再次開始的戰鬥，我們就繼續作戰會議吧。」

惠一沉默地點頭。

二月十九日二十時四十分。就在『停戰卡』效果還剩兩個小時的時候，末端裝置傳來一陣淡漠的女性聲音。

『現在，西區基地使用了〈士兵交換卡〉。依照西區國王指定，北条夏美變更為東區士兵，鳴海五十鈴則變更為西區士兵。接下來一個小時內暫時停止戰鬥，在此期間，其他人不得干擾及阻礙被指定之士兵。』

當末端裝置的聲音轉為沉默的同時，惠一將視線移向身旁的五十鈴。

她一臉蒼白地凝視著螢幕。上頭顯示的久流魁人名字下，有著她本人的照片。

「怎麼會……怎麼會這樣，是我……」

五十鈴將手擺在末端裝置上，用著沙啞的聲音喃喃道，格子裙下的雙腿正不停地發抖。

「搞什麼？這是怎麼一回事啊！」

姬子的暴怒聲音響遍了整間房。

「現在交換士兵到底有什麼用？再說，為什麼……」

「為什麼，不是自己對吧？」

五十鈴半自嘲地笑著轉向姬子。

「是啊，我的確是這麼想。畢竟現在最有用、也最適合拿來戰鬥的士兵就是我。如果久流魁人想要贏得勝利的話，應該是要我跟春香的妹妹夏美交換，這才是最恰當的不是嗎？」

「姬子……妳其實也察覺到並不是那樣吧。」

「妳這什麼意思？」

姬子目光銳利瞪向五十鈴。

「妳給我好好說清楚喔，五十鈴！」

「如果妳變成了久流魁人的士兵，敵人就變成了我跟惠一，這樣妳還能對我們使用武士刀嗎？妳能砍下惠一的頭嗎？」

「我……」

「所以久流魁人才選擇了我。如果是我的話，我就不會被感情左右，能動手殺了你們。」

五十鈴擠出一聲乾笑，接著轉身面向惠一。

「惠一，我想你很聰明的，反正之後你也會察覺到，就先跟你說吧。久流魁人真正的目的。」

「真正的目的？」

「沒錯。久流魁人利用了『停戰卡』跟『士兵交換卡』的組合，為的就是要來殺我的。」

「什麼意思？」

惠一一臉愣住，看著五十鈴帶著自虐般的微笑。數秒鐘的沉默後，她又再次重啟蒼白的嘴唇。

「我因為『士兵交換卡』的關係，現在變成了惠一的敵人。正常來說都會有一小時的時間是停止戰鬥，可以讓我前往西區，之後再和久流魁人會合。但是現在卻因為『停戰卡』的效果還在，剩下的兩小時就無法離開基地。」

「啊……」

「看起來是懂了吧。一小時後你只要殺了我就好。因為『停戰卡』的效果讓我無法逃離這裡。」

五十鈴像是要讓惠一看到自己脖子上的項圈一樣，故意將頭歪了一邊。

「這麼推斷下來就確定我會死了。」
「難道五十鈴同學認為我們會殺了妳嗎？」
惠一直盯著五十鈴，聲音有些顫抖。
「如果不殺我還讓我逃跑的話，你們就確定會輸了。」
「為什麼會？不知道的事情都還無法斷定吧？」
「要是我真的和久流魁人會合，我就會告訴他，我們並不知道西區的基地，然後再反過來把東區的基地告訴他啊。」
五十鈴搖搖晃晃地走到房間一角，隨後坐到毯子上。
「等一下，五十鈴。我們也有因為『交換士兵卡』而得到的北条夏美啊，論條件的話，是一樣的吧？」
姬子插入了惠一跟五十鈴的談話。
「妳是傻子嗎？久流魁人有可能會讓北条夏美活著嗎？我敢斷言她在兩小時以內就會被殺掉。畢竟她也跟我一樣，因為『停戰卡』的關係沒辦法逃離基地。」
「妳意思是他會殺掉至今為止共同努力過來的夥伴嗎？」
「從久流魁人的作戰方式看來大概就能知道，他只要殺了北条夏美，就不用擔心西區的基地會被鎖定了。雖然是敵人，卻還是不得不佩服對方能想出這樣逆轉的作戰，啊，不過現在可是同伴了呢。」
五十鈴嘶啞著笑聲繼續說。

「結論就是，你們如果想要存活，就必須殺了我。只要殺了我，人數方面就不會差太多；再加上還有姬子在，你們仍然可以維持原有的優勢。」

「為什麼……為什麼要這樣說？五十鈴同學。」

惠一一把抓起五十鈴的手腕。

「妳不要跟我們說不就好了？為什麼要跟我們說呢！」

「我剛剛也說了吧，不管怎樣惠一也會察覺到。畢竟還有兩個小時，他們就是算準這時間才使用『交換士兵卡』，為的就是要我們內訌的啊。」

「但是……這種事……」

「簡單來說就是要選誰。是要殺了我，還是你跟姬子死，二選一的問題。反正我也沒有決策權，惠一你選就好。」

五十鈴揚起嘴角。臉上因天花板燈光而顯得非常蒼白，那表情也不知道是不是已經做好了覺悟，看起來十分平穩冷靜。

不久，惠一緩緩地開口。

「……我不選。」

沒想到惠一會說出這樣一番話，讓五十鈴睜大了眼睛。

「你說什麼？」

「我哪一方都不選。」

「你在說什麼啊惠一，你不可能兩邊都不選啊。」

「不會不可能。只要找到『聯合勝利卡』，就能夠讓雙方都獲勝不是嗎？這樣一來，我和姬子同學還有五十鈴同學就都能存活下來。」

「怎麼可能會成功，你認為久流魁人會放任你找卡片不管嗎？」

「這就需要五十鈴同學的幫忙了，傳個訊息之類的。」

「傳訊息？這是什麼意思？」

「等到『停戰卡』的效果一結束，我希望五十鈴同學能到久流魁人那裡，幫我傳達訊息給他。」

惠一瞥了一下手錶。

「十九日晚上十一點以後，任何一名潛入東區的人一律殺無赦。」

「……你認為用這種訊息，久流魁人就會停止攻擊嗎？」

「五十鈴同學只須向他們傳達姬子同學手裡有武士刀一事就好，即便是兩、三人來襲，姬子同學也會讓他們後悔的，對吧？姬子同學。」

突然被惠一詢問的姬子，愣了一下隨後點頭。

「嗯，只要有武士刀的話，我不會輸給任何人。」

「姬子同學都這麼說了，所以我們不會殺五十鈴同學，更不會死。」

惠一堅決說道。

「幹麼特地讓自己陷入不利的狀況又要把目標轉回平分獎金上，惠一你果然是個大笨蛋。」

五十鈴嘆著氣從毯子上站了起來，接著瞇起眼睛。

「你們真的決定要放我走？如果我無法反抗久流魁人的話，很有可能會變成你們的敵人喔。」

「五十鈴同學並不是我的敵人，即便是現在……依然是我永遠的夥伴。」

惠一的這番話讓五十鈴肩頭一震，充滿血絲的瞳孔隨即滑落一顆顆眼淚。

「惠、惠一……你這傢伙，太卑鄙了，說這什麼話……根本犯規嘛！」

五十鈴隨即抱住惠一的身體，將臉埋在他的胸前，像個孩子般不停地抽噎哭泣。

惠一只好笨拙地把手輕輕地搭在五十鈴肩上。

『〈停戰卡〉的效果終了。現在開始全區域的進出將不受限制。』

喇叭傳來的聲音一結束，五十鈴跟著站了起來。

「那麼我要走了。惠一的訊息我絕對會幫你帶到久流魁人那裡的。」

「嗯，要小心喔。五十鈴同學。」

「那可是我的臺詞，不過我會盡力向久流魁人提出平分獎金一事，但也可別太過於期待就是了。」

「我知道。我本來也就打算要自力找出『聯合勝利卡』跟『投降卡』。」

「如果最後是使用『投降卡』的話，我就把我的獎金分成三份給你們，用來支付公寓租金也綽綽有餘。」

五十鈴又轉向惠一身旁的姬子。

「姬子，妳絕對不可以死喔。妳的存在就是為了牽制彼此，如果妳死的話……」

「如果我死的話，惠一也會被殺，妳就再也無法跟惠一抱抱了對吧？」

姬子邪惡地笑著拍向五十鈴的肩膀。

「傻、傻子嗎妳！說什麼啊！」

五十鈴雙頰泛紅，一把撥開姬子的手。

「不過惠一可是我們五人的偶像呢，想偷吃步也要適可而止喔。」

「姬子才是，不要因為跟惠一單獨兩人就打算襲擊惠一。」

五十鈴轉開金屬大門，手放在門把上，轉身看著惠一。

「惠一，真的讓我逃走好嗎？搞不好久流魁人也有預料到這點才使用『士兵交換卡』。」

「我和久流魁人不一樣，我並不想犧牲同伴來贏得比賽。一定還會有其他能贏的方法的。」

「說得……也是。」

為了掩飾快要滑落的眼淚，五十鈴轉身背對惠一。

「我們彼此互相……都要好好活下來，再見……」

五十鈴的聲音斷斷續續，到了最後就完全聽不見。她挺起身子朝昏暗的走廊邁出步伐。沒有任何猶豫也沒有頻頻回顧，就這麼消失在走廊深處。

惠一還站在原地看著無人的走廊，站在末端裝置前的姬子便出聲說話。

「惠一，春香的妹妹真的被殺了。照片已經變成灰色了。」

姬子的聲音裡充滿著厭惡及不屑。利用同伴來實行作戰計畫的久流魁人和擁有強烈同伴意識的姬子想必是水火不容吧，就連惠一也有相同的感覺。

「春香那傢伙……會很難過吧。」

姬子小聲喃喃道。

「沒有時間再感傷了，得快點找出卡片才行。」

「嗯嗯……我知道啦。倒是惠一……」

「嗯？怎麼了嗎？」

「不，只是忽然覺得惠一變得像個男人了。」

「畢竟我已經不能再依賴五十鈴同學了，不過可能還要再麻煩姬子同學一陣子。」

「包在我身上吧，我不會讓他們動你半根手指的。」

姬子拿起掛在牆上的武士刀，面對惠一擺出劍道的姿勢。

惠一跟姬子用掛鎖跟鎖鍊將基地鎖上後，便離開基地大樓。

視線周圍都是熟悉的廢墟街景。惠一確認了一下手錶時間，二月十九日下午十一點二十八分。從他們和五十鈴道別到現在過了三十分鐘以上，所以五十鈴很有可能已經和久流魁人會合了。

她也許已經將平分獎金的提案還有惠一的訊息，向久流魁人說了吧。

其實比起突襲東區，惠一倒認為久流魁人會選擇待在西區找尋卡片的機率還比較高。要是選擇向東區出擊，到時被戰鬥力高的姬子反擊很有可能會得不償失。那麼乾脆在西區內找尋可以殺死敵方士兵的『死神卡』先殺了姬子，再以四打一的方式狙擊惠一比較可能贏得勝利。

雖然兩方要找的都是稀有卡，但考量到搜索人數，久流魁人就比較有利。只是如果是剛進西區隊伍的五十鈴找到『死神卡』的話，應該就會直接揉掉吧；再加上百合香又受重傷，實在難以想像她也能參與搜索。

現在的惠一也將目標轉為能夠存活就好，因此即使無法得到賞金，但能讓遊戲結束的『投降卡』，也就列入搜尋選項之一了。

惠一這麼想著，發現己方也不算完全處於絕對劣勢。

不過對惠一來說，不管如何絕對要找到『聯合勝利卡』。

「我們就從這棟大樓周邊開始吧。雖然機率不高，但敵方還是有可能會突襲我們的基地，所以理想的搜索處最好是能看見基地大樓的地方。」

「了解。不過我覺得他們應該是不會來東區。」

姬子輕輕地晃著收在刀鞘裡的武士刀。

「畢竟要跟持有武士刀的我打鬥，他們也沒有人選啊。」

「還是要考慮到所有可能性再做出行動，這可是五十鈴同學的訓誡呢。」

「嗯，說得也是啦。」

帶點些許落寞的表情，姬子朝西區的方向徘徊觀望。

「妳是覺得寂寞嗎？姬子同學。」

「亂、亂說什麼啊。現在我可是能獨占惠一的愛了欸，乾脆晚上睡覺一起躺同張毛毯吧！」

「嗯，那樣感覺還不錯呢。」

「什、什麼！」

「我開玩笑的，姬子同學。」

看著臉頰泛紅有些慌張的姬子，惠一不禁微笑。

「姬子同學看起來也不是很習慣跟男性相處嘛。」

「唔！總覺得，惠一真的像個男人了。但是剛才的捉弄我可不服氣啊！」

姬子一邊自言自語的嘟噥，一邊緊跟在惠一後頭一同出發前進。

他們來到了距離基地大樓大概有三十公尺遠、一棟六樓建築開始探索。惠一將警棍插在皮帶上，口袋裡還放有摺疊小刀。雖然拿著警棍在狹窄的地方搜索十分礙事，但考慮到對方突襲的可能，拿著武器至少能讓敵方多點顧慮也好。

不久，惠一在層層堆疊的辦公桌抽屜裡，找到了一只四方木盒。

惠一將灰塵抹去，緊張地將蓋子打開，裡頭放著一張熟悉的卡片。他嘆了一口氣後便將『獎金減額卡』取出。

「又是沒用的卡嗎？惠一。」

透光的窗戶邊，傳來姬子的聲音。

「嗯，是『獎金減額卡』，至少來張全滅卡就好了。這麼一來就可以逼迫他們要來個同歸於盡什麼的。」

「畢竟是稀有卡片，沒有辦法那麼輕鬆就能找到。而且對方的條件也是和我們一樣的。」

惠一點頭不語，便將找到的卡片放到口袋裡。

就如姬子所說的，稀有卡種的『聯合勝利卡』跟『投降卡』沒有那麼容易找。如果相信遊戲大師說過的話，藏在這廢墟大街裡的稀有卡片，每種都只有十張；惠一能理解要找出這些卡片真的有些困難，但實際上久流魁人卻已經拿到了一張『交換士兵卡』。

——因此他能肯定的是，在這廢墟大街上的某處，一定藏有稀有卡片。而他絕對要把它給找出來！

惠一緊咬住下脣，奮力地將沉重的桌子抬起。

在那之後的十二個小時，兩人持續不停的搜索。但是卻只有找到『懸賞卡』和

『獎金減額卡』。雖然也找到六枚金幣，但現階段其實不太需要這些。他們決定先回去基地一趟，休息一個小時後，再從南側呈現半毀狀態的廢墟大樓開始搜尋。

他們踩上布滿水泥碎石的樓梯，走進一間沒有牆壁、書架還散落崩塌的房間。

站在惠一身旁的姬子，一邊伸手朝舊式映像管電視裡摸索，一邊望向房間外頭。

「妳看到了什麼嗎？姬子同學。」

「不……完全沒有人。對方果然認為比起襲擊我們，還是待在西區裡找卡片比較實際。」

「因為那也是最保險的作戰。不過我們還是不可掉以輕心。」

惠一拍掉身上的灰塵後站了起來。

從沒有牆壁的地方可以看見外面的廢墟街景，就如姬子所說，完全沒有人煙，彷彿一幅風景畫掛在上面。

明明身處在四樓，周遭的空氣卻不太流通，讓惠一感到窒息難耐。他下意識的碰觸脖子上的金色項圈，手指傳來一陣金屬的冰涼感。

就在此時他剛好轉向姬子，她也正和惠一一樣摸著自己的項圈。『死神卡』只能用在對方士兵身上，無法用來指定身為國王的惠一。想當然，若是久流魁人拿到了『死神卡』，就一定會對姬子使用吧。

就算是現在，這個瞬間，就算是大量的血從姬子的脖子裡噴出也不足為奇。

惠一忽然感覺全身一陣寒慄。

他的腦海裡浮現出滿身是血並倒臥地上的姬子，就像一開始在圓形房裡被殺的雪村那由那樣。

「喂，惠一，你該不會是累了吧，一個人在發什麼愣啊。」

姬子輕輕朝惠一的頭敲下。

「要不要稍微休息一下？你的臉色看起來很糟。」

「我沒關係。」

像是要掃去腦中畫面似的，惠一搖著頭回應。

「姬子同學呢？還可以嗎？」

「這和劍道部的練習比起來根本不算什麼。就算連續兩天熬夜，也完全沒問題的！」

姬子樂觀的發言讓惠一的心也平復了一些。

「那就繼續找下去嘍。」

惠一抬起一旁倒放的書架。

日期來到了二十一日。為了補眠，惠一和姬子睡了三個小時。

四點五十分。他們前往一棟窗戶很少、外觀呈現長方形的大樓，距離基地大概有四十公尺遠。兩人便在那繼續搜索卡片。

在充滿霉味的大樓裡，辦公桌和椅子分別被堆疊得像小山一樣。
兩人的目標就是找出裝有卡片的盒子，其他武器或是金幣都不重要，他們最需要的只有『聯合勝利卡』跟『投降卡』這兩張稀有卡片。
七個小時過去，惠一在一個辦公用的老舊吸塵器裡發現了四方木盒。
他邊祈禱邊打開蓋子，裡頭有張畫有門半掩圖案的金色卡片。下方的文字寫著『除隊卡』。
「是稀有卡……」
聽到惠一小聲的喃喃自語，姬子跑了過來。
「『除隊卡』嗎？我記得這個是能指定士兵從隊伍中除名是吧？」
「嗯，卡片的背面也這麼寫著。看起來只要和遊戲大師聯絡的話，就可以提前離開這裡。」
惠一一邊讀著卡片的背面文字回答道。
雖然『除隊卡』不在搜尋目標卡裡，但只要使用了這張卡，就可以讓姬子從自己的隊伍中除名。這樣一來就算惠一被殺，姬子的殉死模式也不會啟動。
「我們回去基地使用這張卡片吧，這樣姬子同學就能獲救了。」
惠一興奮地說著，但他才剛踏出步伐就被姬子拉住袖口。
「惠一……我沒關係。」
「嗯？怎麼了嗎？姬子同學。」

惠一愣住望向表情平穩、並搖著頭的姬子。

「我只要不在惠一的隊伍裡，久流魁人馬上就會發動突襲了喔。」

「但是如果對方先找到『死神卡』的話……」

「這是一開始就知道的不是嗎？」

姬子將手搭在惠一肩上。

「如果使用『除隊卡』讓我逃離這個遊戲，而惠一最後卻被殺的話，我會連覺都睡不好的。所以我要和惠一一起努力到最後，把這遊戲結束。」

「姬子同學……」

「比起我，還是用在五十鈴身上吧！只要讓她離開敵隊，我就可以毫不顧慮的殺了久流魁人了。」

姬子勾起嘴角笑著。

「真的這樣好嗎？妳可以活著離開這遊戲喔？」

「我就算不使用這張卡也可以活下來的，惠一不也是嗎？」

「是……這樣說沒錯……」

「那麼我們就快點回基地去救五十鈴吧！」

「姬子同學，謝謝妳。」

為了掩飾溼潤的眼眶，惠一朝姬子深深低頭致謝。

一回到基地，惠一就跑到末端裝置前，從口袋拿出『除隊卡』插進裝置裡。
螢幕顯示隨即轉成『除隊卡』的大圖，一排右側並列的是能選擇的少女名單。
惠一轉頭望向姬子，只見她比個拇指用力點頭。
他再次將視線調回螢幕，最後用手指點了五十鈴的照片。
大約十秒鐘過後，喇叭裡傳出女性的聲音。
『現在，東區的基地使用了〈除隊卡〉，指定對象為鳴海五十鈴。鳴海五十鈴將從西區隊伍中除名，不再受遊戲勝敗影響。此外，如要離開遊戲區域，請利用末端裝置與遊戲大師聯繫。』
當喇叭切至靜音的同時，姬子開了口道。
「什麼嘛，如果要用末端裝置聯絡才能出去，那在五十鈴離開以前，我們還見得到面嘛。」
「嗯，不過有可能會被她抱怨吧。也許她會說，比起我，應該要讓野野村琴美或進藤紗希被除隊吧！」
「啊——很像是她會說的話。雖然的確那樣做比較能削弱久流魁人的戰力。」
不知道姬子是否想起了五十鈴的激動聲調，煩躁地搔著頭。
「總之，現在我們也可以做出平分獎金之外的選擇了。」
「嗯，敵方將五十鈴同學納入同隊的時候，應該就猜想到我們不會積極的攻擊。但現在可就不一樣了，他們將會變得無法自由探索了吧。」

「沒錯。既然這樣，乾脆現在直接突襲西區，我也是不介意啦。」
「我們和五十鈴同學討論後再決定也不遲。現在就先等她回來吧，應該也用不了多少時間。」
惠一看著螢幕中央處，已被除隊下移的五十鈴照片說道。
然而，和惠一預料不同的是，過了將近兩個小時，五十鈴卻沒有回來的跡象。
站在門前監視的姬子終於一臉不悅地碎唸道。
「那傢伙該不會已經先用了那邊的末端裝置取得聯繫，早就不在這遊戲裡了吧？」
「我覺得應該不會……」
惠一確認了一下末端裝置上的情況，和剛才一樣，五十鈴的照片依舊顯示在螢幕中央的下方。
於是他點選了正在跳舞的貓CG。
很快的，一股高亢的尖銳笑聲由喇叭內傳出。
『嗨！怎麼啦？惠一。』
「我有事情想要問你，方便嗎？」
『如果是我能回答的話～』
「五十鈴同學……鳴海五十鈴，現在在哪裡？」
『這可是攸關遊戲勝敗，不能講欸——』

配合著遊戲大師的聲音，螢幕上的貓ＣＧ也跟著搖頭。
「那你只要告訴我，她已經離開遊戲嗎？」
『還沒唷～鳴海五十鈴還在遊戲區域裡呢。』
「那她為什麼不回來這裡？」
姬子推開惠一，憤怒地對著貓ＣＧ道。
『我說過了，這可是攸關遊戲勝敗，所以我不能說啦。』
「我知道了。這樣就可以了。」
惠一抓住姬子的手。
「我們去找五十鈴同學吧。如果她還沒有離開，應該就在街上的某處。」
惠一心底感到有些不安，同時打開基地房門。
兩人朝廢墟大樓的西邊前進，一邊確認每一條通道，一邊拚命地找尋五十鈴身影。但是不管他們怎麼找都找不到。
「五十鈴那傢伙到底在幹麼，該不會還在西區吧？」
姬子喘著氣不滿地嘖了一聲。
「該不會……在那裡？」
「你有想到什麼線索嗎？惠一。」
「嗯，還記得我們緊急時候的會合地點吧。就是之前有搜尋過的北側飯店二〇三號房。」

「啊，是五十鈴畫在地圖上的地方。她說過若有什麼緊急事情就到那集合對吧。」

「走吧！」

惠一馬上朝北面飯店出發，姬子也慌忙地緊跟在後。

他的腦袋裡浮現出幾個五十鈴不來基地的可能性，但全都是不吉利的念頭。

惠一與姬子幾乎是飛奔抵達飯店，他們立刻爬上樓梯，往窄廊通道前進，接著打開二〇三號房的房門。

有兩張床、大約十個榻榻米大的房間裡，五十鈴正倒臥在床上。

「五十鈴同學！」

惠一一邊喊著五十鈴的名字一邊跑上前去。他攬過五十鈴的肩膀將她扶起，卻發現她的制服左處溼漉漉的，旁邊早已褪色的米色地毯也被血染成一片。

惠一不斷呼喊五十鈴，好不容易她才緩緩地睜開眼睛，嘴唇有點蒼白。

「惠……惠一嗎？好慢……」

五十鈴一臉疲憊地笑。

「你打算要讓我……等多久啊……」

「五十鈴同學，怎麼會這樣？到底發生什麼事了？」

「野野村……琴美啊。『除隊卡』在我身上生效的瞬間……我就被她突襲了，果然……那傢伙……腦筋轉得很……快。不過……她跑得比我慢……讓我逃走了……」

「為什麼？五十鈴不是已經被除隊了嗎？又不是變成敵人了為什麼！」

姬子面容蒼白地喃喃道，五十鈴隨即將視線轉向姬子。

「因為我沒有告訴他們……東區的基地，所以被懷疑了。她一定也覺得我不會離開區域，會先和你們會合……吧。不過我也正打算這麼做，而她的判斷也是對的……」

「為什麼妳不說呢？我就是已經有那樣的覺悟，才會說要把目標放在平分獎金不是嗎？」

惠一用力抓住五十鈴的肩頭，聲音有些發顫。

「沙織跟春香都沒有……說出基地在哪，連被拷問都沒有的我怎麼可能……會說呢？比起這個……」

五十鈴微微睜大了眼。

「百合香……黑崎百合香復活了……」

「什麼復活？她的左手不是被砍斷了嗎？」

「道具項目裡……不是有醫生嗎？久流魁人叫了醫生……幫她治療。百合香坐在墊子上吼著……說……她要將……姬子……殺死……」

「但是她受了那麼大的傷還要戰鬥，不太可能吧。」

「那傢伙可是怪物，不可以小看她……」

五十鈴的身體開始顫抖。

「不要再說了，我們先回去基地叫醫生來，之後我再聽妳說。」

「不、不要……現在……西區……南、南……」

「五十鈴同學別說了，不要再說了！」

五十鈴無視惠一的命令，繼續說道。

「……那有……然、然後……久、久流魁人……他……」

漸漸地，就連待在五十鈴身邊的惠一也聽不見她的話語。

她的嘴巴張合越來越慢，最後停在一半便不再動作。

從她半睜的雙眼裡，惠一知道五十鈴已經失去生命跡象，便沉默地將她抱得更緊了。

二月二十一日十六點三十分，惠一和姬子回到基地。

惠一抬起蹣跚的步伐走向末端裝置，點選了畫面中正在跳舞的貓CG。

『喲！惠一，有什麼事嗎？』

「為什麼你不救五十鈴同學？」

『喂喂，到現在還在說什麼鬼話啊？我必須秉持著中立的精神來管理遊戲欸，怎麼可能會去救她呢。』

「五十鈴同學不是已經被除隊了嗎？應該已經跟遊戲的勝敗沒有關係了才對啊！」

『那可不對喔。五十鈴自己不是也說了？就算已經被除隊也要跟你們會合啊。』

「你看到了是嗎？」

『當然啊，真是令人感動的一幕欸。當惠一找到五十鈴所在的房間時，真教人不自覺拍手叫好呢。』

惠一還放在末端裝置上的手不停發抖。

『如果你對13遊戲有什麼不滿的話，乾脆什麼都別做，一直待在基地裡就好啦。這樣一來西區隊伍就會來殺你們，好讓你們解脫。不過不知道會用什麼方式就是了。』

螢幕裡的貓CG咯咯笑著。

『那麼、還有其他問題嗎？』

「還有一個問題。」

惠一小聲的說。

『嗯？什麼？』

「開心嗎……看人死掉的遊戲很開心嗎？」

『如果大家不覺得開心的話，13遊戲早就停了。就是因為有這需求，才會一直舉辦啊，而且以後也會一直辦下去唷。』

隨著遊戲大師的聲音消失，基地再次恢復寂靜。

惠一離開了末端裝置，坐在墊子上。他感到身體就像鉛塊一樣沉重，心裡充滿無力感，眼下浮現的是在自己懷裡逐漸失去體溫的五十鈴。

一旁姬子的嗚咽聲傳來。

惠一拚命忍住快要哭出的聲音，他知道就算哭也沒辦法解決任何事情。現在該做的應該是趕緊想出決策讓兩人存活下來。

惠一將手擺在左胸前，緩慢地重複做了幾次深呼吸。

感受到自己心跳的鼓動後，惠一安靜地站起身，走到了抱著膝蓋坐在地上的姬子面前。

「姬子同學，我們現在出發去西區吧。」

「西區……」

姬子帶著泛紅的雙眼抬頭看向惠一。

「嗯，去西區找出『聯合勝利卡』。」

「為什麼要去西區？為了安全起見，應該是要留在東區找才對啊。」

「如果我們在西區找的話，他們也就無法輕鬆地在自己區域找卡片了不是嗎？」

惠一淡漠地回答姬子。

「對方的計謀，是打算用『死神卡』來殺姬子同學。雖然他們也可以直接狙擊我，但由於不小心讓五十鈴同學逃跑的關係，現在已經無法採取積極攻勢了。」

「這是什麼意思？無法攻擊？」

「久流魁人或許認為我們已經從五十鈴同學那裡知道了他們的基地。畢竟五十鈴同學一直到最後死亡……花了不少時間。」

惠一說出五十鈴名字的時候，聲音還有些顫抖，但他還是努力保持平靜。

「所以他們為了保護基地，就必須要有人留守。不管是要突襲或是找卡片，也頂多只能有一或二人出去執行。再說，我覺得他們會來襲擊的可能性也很低，應該會比較偏向躲起來找卡片吧。」

「那我可以殺了他們嗎？惠一。」

經過幾秒的沉默，惠一無語地點了頭。

「不可以讓他們再繼續找下去了。如果妳發現敵方任何一人……我希望妳能殺了對方。」

「……我知道了。剩下的全部人，都由我來解決。」

姬子抓起放置在一旁的武士刀站了起來。

「惠一，我想已經沒有必要再找平分獎金的卡片了。我們會取得勝利，讓遊戲結束的。」

「絕對不可以太過大意。況且，百合香似乎也還活著。」

「我的確沒料到他們會叫醫生來，但這次除非他是叫靈媒，不然我會讓她連復活的機會都沒有。」

姬子的眼神恢復了魄力，嘴角勾起一抹微笑，只是笑意卻沒達到心底。

失去四個同伴讓姬子的精神已經趨近崩壞邊緣，為了讓自己重新站起，她只好立定一個目標為被殺的同伴復仇。只有這樣，她才能暫時忘卻悲傷，而復仇一事就變成了姬子跟惠一的動力來源。

惠一也知道自己必須藉由這個動力，才能讓自己及姬子有所行動。

「走吧！前往西區！」

惠一緊握拳頭，邁向基地大門。

第七章

Revenge promised

數十公尺遠的馬路上，紗希發現了姬子的蹤影，她嘖了一聲便躲進大樓陰影處。

她小心翼翼不發出任何聲音，往反方向移動，接著從後門進入警察局。躡手躡腳地爬上樓梯，走進一間外頭寫著署長室的房間。

她跨過皮革沙發，透過窗戶向外窺探，直到看見姬子的身影慢慢遠離了警察局，她才終於鬆了一口氣，伸手摸向自己的茶色頭髮。

在考量到西區基地可能已經暴露給敵方知道的情況下，他們也想了一個對策，就是久流魁人跟百合香留守基地，紗希跟琴美繼續去尋找卡片。

他們打算找出能殺死敵方士兵的『死神卡』，或是能雇用傭兵的『傭兵卡』。只要得到這兩張的其中一張，拿來殺死姬子，惠一就會走投無路了。

之後就看是要四人一起襲擊，或是等百合香的狀況恢復後讓她去殺就好。

但是惠一察覺到了這一點，所以才侵入西區故意擾亂他們的計畫。也因為這樣，紗希被迫一邊警戒周遭，又要一邊尋找卡片，大大降低了她搜尋的效率。

雖然久流魁人有下令『一有機會，就殺了楓姬子！』，但面對手拿武士刀的姬子，這風險還是太大了。

再說，紗希也不滿為何自己要背著可能會死的風險。所以她決定還是待在安全處一邊警戒惠一跟姬子，一邊躲起來搜尋卡片才是明智之舉。

視線遠方，紗希看見站在大樓轉角處的姬子。

她忽然覺得姬子的行為有些不對勁。

這六小時內，她已經看到兩人很多次，但他們看起來不像是要突擊基地，反倒像是正在找尋身為敵方的自己。

難道他們正在狙擊搜尋卡片的人嗎？至少殺掉一人縮減人數差異，這麼一來，紗希他們也就無法憑仗人多勢眾去抵擋姬子的攻勢。

也正因他們的策略真的是如此，所以現在才沒有襲擊基地的跡象。

又或者，他們其實並不知道基地的所在地。也許被琴美襲擊的五十鈴在與他們會合前就先死了，沒有來得及告訴他們西區的基地到底在哪，現在的他們才沒有突襲基地。

但這也可能是故意要讓紗希他們這麼覺得的。

等到紗希他們全都離開了基地，再馬上一鼓作氣地攻過來。只要一破壞末端裝置，就算拿到任何一張卡片都將無法使用。

紗希皺起眉頭，緊咬下脣。

她本來認為應該很簡單就能拿到一大筆錢，沒想到參加遊戲以後，才體會到比想像中的危險。

就算是自己的隊伍贏了，但被殺的話就一點意義也沒有。

為了避免變成那樣的結果，紗希希望能越快殺掉姬子越好。

就在此時，紗希的身後傳來細微的聲響。她迅速轉身，握緊右手的小刀。

站在門前的惠一隨即映入眼簾。

「有馬……惠一……」

紗希啞著聲音碎唸著，望向左右兩邊。

「能逃生的出口就只有這扇門而已，進藤紗希同學。」

惠一將身後的門掩上，抽出夾在皮帶上的警棍。

「都到了這地步，我們也沒什麼好說了吧。你們想要殺我，那麼我就不得不殺了你們。雖然很可惜呢。」

「……唔！」

「當然，如果我被妳的小刀刺中也不會有怨言，我想妳也認同我的話吧？」

惠一走到紗希跟前，和紗希之間雖然還隔著桌子跟沙發，但跨越這些障礙也只需要幾秒的時間。警棍跟刀子的殺傷力比起來，雖然刀子略勝一籌，但若是攻擊範圍，則是警棍獲勝。

惠一將右手的警棍握緊。

「等、等一下，惠一。」

房間內響起一聲和此時緊張氛圍不相稱的可愛聲音。

「我沒有想要跟惠一戰鬥的意思。」

紗希將原本手上拿的小刀丟到沙發後方，並舉起雙手。淚眼汪汪地往身後的木頭桌子移動。

「那是什麼意思？」

面對惠一的詢問，紗希雙肩微微顫抖。

「我其實不希望跟惠一戰鬥的，但是決定隊伍方針的是魁人。」

「妳是希望平分獎金的嗎？」

「當然啊，因為這樣大家都能獲救啦。」

紗希的眼眶滑出大顆淚水。

「可是身為士兵的我無法反抗久流魁人，其他人又說平分獎金的話錢會變少，他們不要，真的很過分。」

「……其他全部人都這麼說？」

「嗯，一聽到琴美同學說絕對會贏，大家的眼神都變了。」

「就連春香同學的妹妹，北条夏美同學也是？」

「啊……夏美同學好像有稍微反對一些。」

「一些……嗎？」

惠一瞇起眼睛，又靠近了點。

「不管怎樣，妳還是殺了沙織同學，而且還動用拷問。」

「那是琴美同學的命令啊。我可是反對了唷！」

紗希將兩手放置胸前，拚命地搖頭。

「惠一根本就不了解我的立場，我們這裡可是有殺人魔百合香喔？她都是照著久流魁人的命令行事，而我只是個普通女孩子，真的也無能為力啊。」

「結果還是只能戰鬥了吧。」

惠一說的話讓紗希安靜了下來。像是在思考些什麼，她將手抵在柔軟的脣邊。

「……不戰鬥也行啊。只要惠一認為平分獎金也可以接受的話。」

「不戰鬥也行？」

「嗯，因為我有『聯合勝利卡』。」

紗希將手指交疊，微微地歪著頭。

「我剛剛在西邊某個公寓大樓找到的。就算把它給久流魁人，我想他也不會使用，如果惠一覺得平分獎金也好的話……」

『聯合勝利卡』這單字，讓惠一挑了眉。

「妳有『聯合勝利卡』？」

「嗯，所以說真的是太好了。如果沒在這裡遇到惠一，那這只是張沒用的卡片。搞不好神就是為了要讓我們大家都存活下來，才牽引著我們彼此吧。」

「……妳可以給我看卡片嗎？進藤紗希同學。」

「當然。可是……」

原本還帶著笑臉的紗希忽然表情一暗。

「我會害怕。如果我在這裡把卡片交給惠一，就會被他們認為是背叛者。」

「背叛者？」

「沒錯啊。魁人希望要多點獎金，但如果平分的話就只剩下十分之一可拿，假設讓他們知道卡片是我給的話，遊戲結束後我搞不好會被殺。」

「意思是，妳沒辦法給我看『聯合勝利卡』，也沒辦法給我是嗎？」

「不是的，問題在於我給你這件事。所以……當作是你從我這裡搶的就好了。」

紗希的聲音起了變化，讓原本的少女音調又多了些許曖昧語氣。

她撐起雙手往後方木頭桌上一蹬，翹著單腳便坐在上頭，從格子短裙下的黑絲襪裡還可以看見內褲。

「我不會告訴你我將卡片藏在哪裡，希望惠一能自己來找。不管你碰我哪邊……我都不會反抗的。」

紗希紅著臉低下頭說。

惠一一腳跨過沙發，不發一語地靠近紗希。她的身體微微發抖，一邊用右手拉直裙襬，隨後將視線迎上惠一，張開塗著口紅的嘴唇。

「幸好惠一是好人，謝謝你……」

就在一瞬間，紗希像是發現獵物蹤跡的蛇一般，迅速地用手碰觸了一下惠一。

惠一立刻感到一陣痛楚，不小心將警棍滑落。

接著紗希衝上前撲住惠一，並將他壓倒在地。以騎乘位的姿勢舉起右手往下一刺，惠一趕緊抓住她的手腕，但她手裡握的尖銳物品依舊緩緩逼近他的左眼。

「你該不會真的以為我有『聯合勝利卡』吧？我剛剛找到的並不是卡片，而是這根大釘子喔！惠一！」

紗希將右手也疊上，利用體重來施力。大釘子就在惠一左眼前的幾公分距離，來回上下移動。

「說什麼平分獎金，你是在跟我開玩笑吧？這可是賭上性命的遊戲喔，平分後才值一百多萬元也太不合理吧。」

紗希一邊抿著嘴，一邊用殘忍的眼神瞪著惠一。

「喂，惠一，快點死一死好嗎，這樣也比較好啊。如此一來我們就有四人生還，反而如果是你們贏了，也只有兩人能活著不是嗎？」

「說、說什麼任性的話啊！」

惠一咬緊牙關，兩手用力阻擋。雖然稍微推離了大釘子的距離，但很快又被紗希推回。

「如果惠一死的話……我就會給你一些福利……唷，讓你好好享受。就算是你已經死了……」

「我才不會相信妳說的。」

惠一扭動雙腳跟腰讓紗希失去平衡，隨即用柔道的姿勢將她摔了出去。

接著惠一瞄到沙發底下的小刀，正要伸手拿時，紗希又飛撲過來。

惠一被她往後一推，頭部撞到後方桌子，表情痛苦地扭曲起身，但他很快地閃到一旁撐著沙發站起。

忽然，惠一停止了一切動作。他看見紗希仰面倒地，左胸正插著惠一剛才從沙發下撿起的小刀。

紗希的臉頓時失去血色，嘴巴不停張合。

「……紗希同學？」

「……」

紗希沒有回應，聽到的只有急促的呼吸聲。只是那聲音在數十秒後便停止。

惠一大大地吁了一氣，便坐到沙發上。橫躺在眼前的是制服被染紅一片的紗希屍體。

忽然間，惠一開始發起抖來，像是要抱緊自己一般，他將身體縮成球狀，死命地承受殺人所帶來的痛苦。雖然刀刺入紗希的身體是偶發事件，但並不改變她已死亡的事實。即便這樣，這也是為了生存，惠一早就下定決心要殺了的敵人。

惠一緩慢地從沙發上站起身並移動到窗邊，將奶油色的窗簾扯下後鋪在紗希身上。

「再見，紗希同學。」

惠一嘴裡唸著別離的話語後，便關上房間的門。

離開警察局的惠一確認了一下手錶，之後就往東區移動，並由北面進入交錯的道路進入學校校舍。不知姬子是否一直在等惠一，他才剛進去，姬子便馬上打開保健室大門迎接他。

「慢死了，惠一。會合的時間不是三點整嗎？你遲到了十五分鐘喔。」

「抱歉，因為我發現紗希進入警察局。」

「進藤紗希？然後怎麼了？」

「……我殺了她了。」

惠一的回答讓姬子表情凝結。

「是嗎……那傢伙死了啊。」

「嗯，這樣剩下的敵人就只有久流魁人、野野村琴美還有黑崎百合香三人而已。」

「結果對方的作戰還真的是一邊保護基地，一邊找尋卡片呢。」

「因為姬子同學太強了。即便他們曾考慮過要以四打一，現在也已經沒辦法了。」

「他們現在一定很後悔吧，也許正想著早知道就平分獎金了。」

「他們才不是那種人，反而一定是在想著如何制定能贏得作戰的策略。畢竟敵方的軍師野野村琴美也還在。」

「就算是偏差值八十的大小姐，做不到的事情就是做不到的，頂多全員一起找出『死神卡』吧。」

就在此時，校舍外傳來無機質的女性聲音。

『現在，西區使用了〈決鬥卡〉。請雙方的國王選出己方一名士兵。被選中的士兵將會在中央公園裡舉行決鬥，還請雙方士兵盡快前往該處。此外，若在勝負還未分出的情況下，其他人不得進入公園或是進行一切干擾之行為。』

經過了數十秒後，剛才的女性聲再度響起。

『西區國王選擇的是黑崎百合香。而東區由於僅剩一名士兵的關係，自動由楓姬子遞補上。』

惠一嘴巴半張地望向姬子。

「姬子同學要和百合香決鬥……」

「原來如此……用決鬥的方式嗎？」

「姬子同學！」

「不要太著急，惠一。這可是個好機會呢。」

姬子輕舔著帶點乾燥的嘴唇。

「敵方可是抱著玉石俱焚的覺悟才祭出這樣的作戰。如果我在決鬥裡殺了百合香，那就幾乎可以確定我們的勝利了。」

「但是既然是對方使用『決鬥卡』，也許背後已經有了什麼打算。」

「不管怎樣我們也只能上了，不是嗎？」

「妳說得……也是。」

「放心吧。一對一跟百合香決勝負的話正如我所願，這次我一定把她的頭給砍下。」

姬子拍拍惠一的頭，便往校舍門口前進，惠一也緊跟在後。

「喂，惠一，能進去公園的只有我跟百合香喔？」

「我知道。我會在公園前面看著的。」

「這樣不是很危險嗎？如果萬一我被殺了，你就會直接被百合香狙擊欸。」

「姬子同學不會有什麼萬一的，這樣就沒關係了吧？」

惠一一臉認真的神情盯著姬子。

「所以我在公園附近也不會有問題的，不是嗎？」

「……好吧，那你就站在最前方好好觀戰吧，順便也吃個爆米花什麼的。」

姬子嘴裡說著玩笑話，但眼底卻沒有笑意。

中央區域的公園，依舊沒有任何人的身影。惠一站在東區入口處環視四周。在進去公園前，姬子還有點擔心剩下三人會不會偷襲，不過現在看起來，應該是沒有擔心的必要。

惠一來回巡視了一下決鬥場地。被磚瓦花圃包圍的小公園裡沒有任何綠色植物，彷彿進入泛黃照片裡的場景。

此時，百合香也從遠方緩步地走了過來。垂下的左手被破布纏繞著，延伸到膝蓋以下。

她從西側的入口處走進公園，到達中央後停下腳步。隨後揚起烏黑的長髮轉向惠一跟姬子，右手還拿著藍波刀左右搖晃。

「哈——嘍！惠一、小姬子。你們好嗎？」

姬子阻止了本來要回話的惠一，直接走進公園。兩人的距離大約相距十公尺後，姬子便沒有再繼續前進，僅僅瞪著百合香。

「妳才是，傷口的狀況如何啊？」

「嗯——雖然小魁人叫了醫生幫小百合香治療了，但是發了高燒——腦袋現在還昏昏的呢。」

「而妳的國王卻依然使用『決鬥卡』叫妳戰鬥嗎？」

「這個嘛——小魁人跟小琴美也很困擾的。」

百合香用藍波刀的側邊敲著自己肩頭。

「因為小姬子你們可能已經知道我們的基地，所以他們認為很難全員出擊。你們真的知道嗎？」

「妳說呢？」

姬子巧妙地回答道。

「呿！不說嗎？算了，只要殺掉小姬子，之後就只剩下最後的大魔王(Last Boss)惠一，所以知不知道也就不重要了嘛。」

「喂喂，明明之前才輸給我還逃跑，現在倒覺得能贏我了？」
「那個時候是小姬子要詐欸！把武士刀藏起來是違反規定的。」
「那妳意思是，這次一開始就知道我拿武士刀的話就沒關係了？」
「嗯，而且小百合香也拿到了新武器了。」
話一說完，百合香隨即用藍波刀割裂左手捲起的破布。
割碎的破布散落地面，露出繃帶以及類似金屬前臂護具的東西。
護具的前端裝有三根像是野獸爪子的銀色刀刃。
「這武器好像叫鐵之爪。備註欄上有寫它的材質和武士刀一樣，也是用玉鋼（註10）做成的，不過價格是這個比較便宜啦。」
百合香將左手舉起，帶著陶醉的神情看著裝備上的鐵爪。
「看起來很像遊戲裡出現的武器，不覺得很帥氣嗎？」
「只是個注重外觀的武器吧。浪費在這種東西上！」
姬子嘖了一聲，拔出武士刀將刀鞘丟了出去。接著向前跨出一步後，對著後方的惠一道。
「惠一，好好注意四周喔。小心他們也可能會突襲你那裡。」
「不用擔心啦，小魁人正待在基地裡守著。雖然小琴美可能也躲在某個地方觀

註10　玉鋼：製作日本刀的材料。

看，不過她根本就不會戰鬥。」

「所以是說，除了妳以外也沒有其他士兵可以戰鬥了？」

姬子舉著武士刀擺出劍道中段的姿勢，微微吐息。

「為什麼……為什麼對勝負要執著成這樣？你們也知道現在自己是處於不利的狀態吧？」

「因為小魁人說他想要很多很多錢啊。而且妳說的不利狀態，其實只要在這裡將小姬子殺了不就都解決了嗎？之後再把惠一也殺了就快樂結局(HAPPY END)嘍。」

「結果，到最後只會有一方存活下來嗎？」

「那樣也比較受觀眾喜愛嘛。」

百合香轉向一旁設置在公園角落的攝影機，舉起還拿著藍波刀的右手揮舞著。

「那麼差不多開始吧。第二輪中頭目戰！」

百合香微微地屈膝，並將藍波刀跟鐵爪擺在胸前位置。姬子也順應著她的動作，重新握緊武士刀。

「預——備……開始！」

百合香喊著像是比賽跑步才會說的話後，迅速動了起來。她將姬子攻來的第一擊用藍波刀擋住，接著伸出鐵爪襲擊姬子的喉頭。但姬子左腳往後一退，改變了身體方向，一邊閃過攻擊一邊揮下武士刀，百合香也很快地收回鐵爪接住攻勢。

公園內不停響起金屬碰撞的聲音。

惠一緊握著雙手，專注地盯著兩人決鬥。根據『決鬥卡』的規定，惠一無法進去幫忙姬子。只不過就算沒有這樣的規定，惠一也很難幫得上忙。面對百合香不規則的動作，任何武術都不適用在她身上，實在難以預知她會從哪個方向攻擊過來。百合香踢向姬子的下盤，讓她失去了重心，接著左右攻錯的交互襲擊姬子。百合香彷彿像是讀出了姬子的攻擊模式般，才想著她怎麼會如此大膽的捨棄防禦採取近距離攻勢，下一秒卻又能利用雙武器，巧妙擋下武士刀的所有攻擊。

惠一看著眼前完全無法喘息的攻防戰，也不自覺吞了口口水。

百合香採取屈半膝的姿勢用鐵爪從旁橫劃下去。

姬子表情瞬間扭曲，馬上向後拉開距離。飄動的短裙下，清晰可見的三條血痕烙在上頭。百合香跟著輕吐舌頭笑道。

「第一擊(first hit)達成！」

「哼，區區擦傷有什麼好開心的。我可是打算一發就讓妳斃命喔。」

姬子一邊左右輕晃著武士刀前端，一邊平移腳步靠近百合香。

「妳可別小看武士刀的攻擊力。」

「妳說得是沒錯啦——但是對小百合香來說，必須速戰速決呢。」

百合香才這麼說著，下一秒便迅速跑到姬子前方，俐落地擺頭一甩，左閃而過姬子揮下的攻勢。

她的烏黑長髮瞬間奪去了姬子的視線。接著，在一片黑暗之中，一把藍波刀殺出刺向姬子的心臟。

姬子大喝一聲，用武士刀將藍波刀彈飛，但是另一頭又有鐵爪襲向姬子的喉頭，她趕緊用右手擋住了三根利刃，無視手上被刺的地方，接著朝百合香的頭部奮力一擊。百合香向後一仰驚險躲過，幾十公分長的黑髮被切斷散落至地面。如果被擊中可說是必死無疑。

百合香踉蹌了幾步，便從口袋拿出小刀。

「哎唷唷，剛剛可真危險欸。但這次小百合香也是擋下了呢。」

「但是相對的，我也拿到了妳一個武器。」

姬子直盯著百合香，隨即撿起掉落在地的藍波刀丟給惠一。

「那麼小的小刀，根本無法抵禦我的攻擊吧？」

「小姬子才是呢。妳受傷的右手能握得起武士刀嗎？我可是意外地刺得滿深的欸。」

姬子被鐵爪撕裂的右邊袖子，正緩緩地滲血染紅一片。

「這種程度的傷，就像是被野貓抓到一樣。」

「哼，太過放鬆可是會後悔的喔。小百合香可是屬於下半回合強勢回攻的呢——」

百合香邊說邊往橫向移動。

兩人之間隔著一個攀登架，再次對峙觀望。

姬子一臉不滿地開口說。

「什麼啊，結果又是少了一個武器打算逃跑嗎？」

「小百合怎麼可能會逃跑。是作戰啦！作戰！」

「如果是要丟小刀的話可要考慮清楚喔，又不是拿了很多支在身上。」

「才沒有呢。小百合已經決定好了，要用這隻新的左手殺了小姬子。」

百合香用鐵爪刮向金屬製的攀登架，伴隨著一聲令人難受的聲音，猶如巧克力碎片般的鐵鏽也一同落地。

「那就快攻過來啊！百合香。還是妳要躲在攀登架旁跟我玩鬼抓人的遊戲？」

「聽起來好像也很有趣欸——要玩玩看嗎？」

「如果要我跟妳玩，我還不如去一旁沙坑挖隧道。」

「小姬子還是一樣這麼冷淡啊——」

「廢話。妳可是將小翼……」

忽然間，姬子停下了動作。她的身體開始微微的顫抖，額上也冒出好多顆汗水。武士刀前端大幅地上下抖動，不停敲到攀登架上的鐵管。

「百、百合香……妳、妳這傢伙——對我做了什……麼？」

「看起來終於發作了。雖然小琴美說是即時性的毒藥，卻比預計中的還要花時間呢——」

「毒、妳說毒……？」

姬子惡狠狠地瞪向百合香，臉上早已失去血色的嘴唇不停打顫。

「對啊。好像叫什麼鋅還什麼氫的毒藥，是小琴美找到的，所以記不太起來名字。不過小百合塗的時候可是記得的喔——」

百合香一邊看著手上的鐵爪，一邊愉快地答道。

「不過小百合香討厭小姬子的死因只是因為中毒，所以差不多要來做個了結了吧。」

「姬子同學！」

惠一站在公園入口處大喊。

「緊……緊張什麼啊，惠一。這點小事，就只是點小阻礙而已。安心吧……好好在旁邊看就是了。」

面對逐步靠近的百合香，姬子仍然緊握著武士刀。雖然她話這麼說，但表情已經因為痛苦不堪而扭曲。她向後退到了公園底，雙腿止不住的顫抖。此時的百合香幾乎已經確信了自己的勝利，一步步朝姬子靠近。

「真不乾脆欸，小姬子。反正都是死，那就堂堂的戰死嘛！」

百合香的臉上浮現笑意，隨興地往前靠近。她用鐵爪擋下了速度明顯下降的武士刀，再用小刀奮力劃下。姬子的制服隨即裂開，鮮豔的紅色血滴飛散至地面。

「去死吧去死吧去死吧！」

百合香揚起充滿狂氣的笑聲，朝姬子不停地揮舞。姬子雖然盡全力防禦，但還是無法擋下所有攻擊。她的左肩被百合香的刀子深深刺入，手中的武士刀也隨即滑落。好不容易閃過了狙擊而來的鐵爪，卻失去平衡而跪在地上。

「唔……」

姬子似乎已經無法單手將武士刀舉起，刀刃尖端仍舊貼在地上。

百合香笑咪咪地俯視單膝跪地的姬子。

「下一個攻擊就讓妳結束嘍？小姬子，妳真的很努力了呢。妳可是小百合香到目前為止所殺的人裡面最強的唷！」

「用……用什麼過去式，說得還太早……了吧。」

姬子不停喘息著，卻仍然露出無懼的笑容。

「因為……我還活著……嘛。」

「都到這地步了還想逆轉勝，我看如果沒有奇蹟是不可能的喔。」

「那……我就創造奇蹟……」

「聽起來很酷的臺詞，但是小姬子，妳不是連站都站不起了嗎？」

「故……我故意讓妳大意的……騙妳靠近……讓妳死的。」

「喔？那妳試試看啊。」

百合香不加思索地靠近姬子，接著用皮鞋踩住地上的武士刀。

武士刀的刀刃又嵌入了地面一些，但姬子卻沒有任何反應。

「果然只是虛張聲勢嘛，害我還警戒了一下。」

百合香嘆了口氣，將鐵爪抬起來。

「那就拜拜嘍，小姬子。」

就在百合香的鐵爪朝姬子脖子揮下的瞬間，姬子放開了握著武士刀的右手，擋下鐵爪的攻勢，而以左手持武士刀奮力向上一刺。

百合香還想收回鐵爪，但姬子的右手將她纏住阻止。

姬子左手緊握的武士刀，此時就像是射出去的箭一般，朝向百合香一直線前進。

百合香拚命用小刀抵擋，但僅能打到武士刀的側面，並沒有辦法改變它的軌道，武士刀就這麼直線貫穿了百合香的身體。

「唔啊！」

百合香發出猶如野獸的呻吟，望向貫穿自己身軀的武士刀。接著她笑了出來，並用著蒼白如蠟的臉一邊望向姬子，一邊浮出天真無邪的笑容。

「嘖，平……平分獎金嗎……」

百合香說完後便帶著微笑的表情倒在地上。接著身體像是輕微觸電般抽搐了一下，深紅色的血隨即在地面擴散開來。

不久，涵蓋整個街景的白色天花板傳來淡漠的女性聲音。

『現在，黑崎百合香已確認死亡，決鬥的勝利者是楓姬子。從現在開始，即可自由進出公園不受限制。』

廣播結束的同時，惠一也跑了出去。

他跑到還跪在地上的姬子身邊，用肩膀撐起姬子。姬子一臉蒼白，發現是惠一後便笑了。

「如、如何？我贏了……喔。」

「不要說話了，回到基地後馬上幫妳叫醫生。」

惠一攬過姬子的腰開始行走。

「什、什麼嘛……我賭上性命贏了耶，一、一句感謝的話都沒有嗎？」

「晚點說一萬次給妳聽，現在不要說話。」

「那可真令人期待……呢。」

惠一無視姬子而繼續走著。大約走了一百公尺之後，姬子的腳完全停下來了。

惠一沉默地背著姬子，筆直地朝基地前進。

——他必須要快點叫醫生來。雖然不知道姬子中的是什麼毒，但既然是在13遊戲裡的東西，那麼與遊戲有關係的醫生一定知道該如何處理。如果是現在，一定能救得了姬子，絕對能救得了她！

「喂、惠……惠一……」

惠一的身後傳來一股氣若游絲的聲音。

「你可別……死喔……」

「當然不會。如果我死的話，姬子同學也會跟著一起死。」

「答應……我……絕對……不准……死喔……」

像是沒有聽見惠一說的話一樣，姬子自顧自地繼續說著。

不久後，姬子的呢喃聲也逐漸消失。

離基地還有數十公尺遠的地方，惠一停下了腳步。一邊喘息著，一邊將姬子放在鄰近大樓的人工大理石地板上。

姬子看起來就像是睡著了一樣。臉雖然蒼白得像是透光一般，但那表情一臉滿足，嘴角還帶著溫柔的笑容。彷彿身在一場美妙的夢境裡。

「姬子同學……謝謝妳，如果沒有妳的話，我早就死了呢。」

惠一伸手撫摸著還帶點體溫的姬子。

不可思議，他一滴眼淚都哭不出。僅是坐在姬子身邊，靜靜地看著廢墟發呆。

被關在這裡已經過了八天。這期間，五個同伴都被殺了。

沒有半個人存活下來。

但惠一的敵人卻還活著。那個利用13遊戲規則，將惠一的重要同伴一個個殺掉的敵人。

惠一迅速地站起身。

「姬子同學，我答應妳，絕對會活下來！」

惠一緊握住雙拳，奮力地說道。

第八章

The last decisive battle

位於東區、接近中央大樓的六樓處，野野村琴美正在那裡觀看著東側。她預測東區的基地就在那區的大樓裡。那是根據惠一背著瀕死的姬子所推斷出來的。

照她分析惠一的性格看來，在攸關姬子的性命下，為了趕回基地去找醫生，他不可能還有其他心思去想別的事，應該就是選擇了離基地最近的路線回去。但是不知道是幸還是不幸，由於姬子在中途就死亡的緣故，惠一便停止回去基地，轉而尋找安置她遺體的地方。確認完惠一的行動後，琴美來到了中央公園，回收了武士刀跟藍波刀，之後交與久流魁人。

雖然百合香死了很可惜，但至少達到她的最低功效。只要姬子死的話，之後要怎麼做都方便了許多。像是這樣繼續監視惠一，等到發現他經常進出的大樓就能找出東區的基地。之後再趁他不在基地的時候潛入，把末端裝置破壞即可。在無法使用卡片也無法補充糧食的情況下，惠一想要贏幾乎是不可能了。唯一能贏的可能性就是他也知道西區的基地，並找機會來襲。但久流魁人早已獲得了最強的武士刀，就算一對一單挑也不會輸吧。不過保險起見，還是破壞東區的末端裝置後，再去找『傭兵卡』，雇用傭兵殺了惠一，或是餓死惠一才是較安全的作戰。

琴美用手指推著眼鏡，勾起笑容。

在聽那怪異男人解說遊戲內容時，琴美就覺得自己會贏了。即便自己隊伍的國王儘管有多愚蠢，她都有自信能靠自己的力量將他導正至勝利的道路。

幸運的比起平分獎金，久流魁人也想要的是贏得勝利。雖然他對金錢有著強烈的執著，但琴美並沒有，她只是想盡情試試自己的能力能到怎樣的地步。

學校的考試太過無聊，她也不認為在實際上能有什麼幫助。琴美認為，不管在任何艱苦的環境下，唯有擁有存活下來的腦袋才是真的贏家。

但從結果看來，她並沒有得到壓倒性的勝利，除了自己以外的其他士兵都死了，運氣不好還有可能會輸。

現下的自己也只想著有沒有更安全的方法能獲勝，這令琴美不禁苦笑出來。

——下次參加13遊戲的時候，再把目標放在讓全員生還的完美結局好像也不錯。想到敵方因為自己的計謀而死，琴美腦中就浮現一股說不出的快感。

眼角還感動的泛淚，長嘆了一聲。

就在此時，外頭傳來女性的聲音。

『現在，東區的基地使用了〈獎金減額卡〉，勝利的隊伍獎金將減少一千萬元，目前的總獎金為一億兩千萬元。』

對於惠一這樣奇妙的行為，琴美不覺瞇起了眼鏡下的眼睛。

現在的情況使用『獎金減額卡』根本毫無意義，同時還暴露了自己在基地的行蹤。已經沒有同伴的惠一如果在基地就代表著，琴美他們不用擔心惠一會埋伏，可以自由的行動。

當然距離跟時間也要納入考量之一。

琴美的思考被再次響起的女聲打斷。

『現在，東區的基地使用了〈獎金減額卡〉，勝利的隊伍獎金將減少一千萬元，目前的總獎金為一億一千萬元。』

聲音播放完以後並沒有結束，時間彷彿倒轉回十幾秒以前，一樣的內容重複播放，不一樣的只有獎金的總數。

『現在，東區的基地使用了〈獎金減額卡〉，勝利的隊伍獎金將減少一千萬元，目前的總獎金為一億元。』

『現在，東區的基地使用了〈獎金減額卡〉，勝利的隊伍獎金將減少一千萬元，目前的總獎金為九千萬元。』

琴美從窗戶看著外頭的天花板，惠一仍舊不停地使用著『獎金減額卡』。結果惠一總共用了九張『獎金減額卡』，讓勝利隊伍的獎金被減至四千萬元。

「原來如此，所以才用這樣的作戰方式啊。」

在喇叭聲回歸安靜的數分鐘後，琴美冷靜說道。

她猜到惠一在想什麼了。惠一打算持續使用『獎金減額卡』讓總獎金歸零。這一來就沒有戰鬥的意義了。但是為了達成這個作戰，就必須再找出四張『獎金減額卡』。如果還殘留獎金的話，對於十分執著金錢的久流魁人來說，絕不會答應選擇平分獎金結束遊戲。

再加上就算惠一現在找到了四張『獎金減額卡』，總獎金也不會變成零。因為琴美他們還保有使用了『懸賞卡』所增額的三千萬元獎金。

只要勝利的話還能拿到三千萬元，反之，平分獎金卻只剩下十分之一的三百萬元。

這也就代表著，惠一想要讓戰鬥變成毫無意義已經是不可能了。

除此之外，久流魁人更不會原諒使用了『獎金減額卡』的惠一。

對久流魁人來說，等同於從他手上奪走了九千萬元一樣。

「這是無意義的作戰啊，有馬惠一。」

就在琴美自言自語結束的同時，窗戶外頭又傳來女性的聲音。

『東區的基地現在使用了〈懸賞卡〉，指定對象是野野村琴美。若將野野村琴美殺害的隊伍贏得了勝利，總獎金便會增額一千萬元。』

琴美呆住了。

「都……都到了這種時候還用『懸賞卡』……那為何剛才還要使用『獎金減額卡』？」

面對惠一意義不明的行為，琴美感到莫名煩躁。

為了復仇，惠一很有可能會採取襲擊，如此一來就能理解為何他要使用『懸賞卡』，加上參加這遊戲的人大多都需要錢。

但是惠一卻一直使用『獎金減額卡』不停縮減獎金。

不得不讓琴美懷疑惠一是不是腦袋出了什麼問題。

在不知自己何時會死的狀態下持續八天以上，身邊的同伴們也全都死光了，對於抗壓性不好的人來說應該也是極限了吧。

琴美還在思考的期間，淡漠的女性聲音持續。

『東區的基地現在使用了〈懸賞卡〉，指定對象是野野村琴美。若將野野村琴美殺害的隊伍贏得了勝利，總獎金便會增額一千萬元。』

『東區的基地現在使用了〈懸賞卡〉，指定對象是野野村琴美。若將野野村琴美殺害的隊伍贏得了勝利，總獎金便會增額一千萬元。』

同樣的話語不停地重複。

當自己身上已經掛著六千萬元賞金的時候，琴美深深地嘆了口氣。

「就算你再怎麼增額，也沒有辦法殺掉……」

琴美的嘴巴忽然像是靜止般停在一半。

失去表情的臉照映在玻璃窗上。

——有馬惠一並沒有想要殺掉自己。會想要殺她的就只有，久流魁人！

琴美的雙腿止不住的顫抖，只好拉著破爛的窗簾支撐自己的身體。

目前來看，如果琴美他們隊伍贏了的話，總獎金額是四千萬元外加『懸賞卡』增額的三千萬元，合計七千萬元。

假使久流魁人殺了自己，依照『懸賞卡』的效果，他又能增額六千萬元。

而且還不需要分給別人，可以獲得全數一億三千萬元。對金錢那麼執著的久流魁人，不可能沒有想到這點。

琴美的牙齒不停打顫，一邊死命地想找出對策。
就算答應久流魁人將自己的份全部給他，總獎金數也達不到一億三千萬元。即便是打算己方也利用『懸賞卡』來增額，但在士兵只剩自己一人的情況下也是不可能了。
那麼，說服久流魁人，如果殺了自己可能會帶來的危險性呢？例如，久流魁人和惠一一對一單挑的話，很有可能會輸的危險。
琴美用力搖著頭。
不可能那麼簡單就說服得了他。
就算饒了自己一命，久流魁人也已經沒有其他能讓獎金變多的辦法。他不能讓自己去殺了惠一，不然增額的六千萬元就飛了。再說，如果在鬥爭中不小心被惠一殺了，結果還是變成久流魁人與惠一一對一的局面。這麼一想的話，久流魁人肯定還是想要得到增額的六千萬元吧。
在那一瞬間，琴美的腦中忽然浮現了一個能將目前絕望情勢打破的方法。
只要靠自己的力量，在和久流魁人會合以前殺了惠一就好了。
琴美從上衣口袋取出一把小刀。
——早知道會變成這樣的局面，就不要把武士刀交給久流魁人了。但現在後悔這些也沒用。自己的戰鬥力低下一事琴美早有自覺，可是她也只剩這個方法可行。在被久流魁人殺了以前，她必須殺了有馬惠一！

琴美才剛快步下了樓梯，又聽見淡然的女性聲音傳來。

『現在，東區的基地使用了〈停戰卡〉，請各位參賽者停止一切戰鬥及探索，並於一小時內返回基地。之後的十二小時禁止外出。此外，若於一小時內未返基地的參賽者將會被處刑，請各位多加注意。』

琴美一臉愕然地站在原地，小刀也從她的右手滑落。

確認螢幕上的琴美照片變成灰色了以後，惠一離開了末端裝置，走到最旁邊的毯子上坐下。

琴美死了。雖然不知道是被怎樣殺死的，但下手的是久流魁人吧。

如果久流魁人想要確實拿到琴美身上的增額獎金，對他來說，殺了琴美便是勢在必行。不管是琴美殺了惠一還是惠一殺了琴美，都同樣得不到另外增額的六千萬元。

不難想像要久流魁人選擇已經沒用的士兵，還是選擇金錢來得實際。

琴美被殺的原因雖然是惠一一手促成的，但他絲毫沒有罪惡感。

有的只是被悲傷支配的心。

惠一確認了一下手錶，上頭顯示二月二十二日早上九點二十分。

依照自己使用的『停戰卡』效果，還有十一小時以上不得走出基地。

惠一茫然地望著昏暗的室內。

不會再有使用機會的白色毛毯，整齊地排列在眼前。

還記得第一天在基地裡醒來，面對水泥牆壁時感到窒息般的狹窄。但是現在卻感覺無比空曠，寒冷許多。

惠一的腦海中，浮現出少女們的笑容後隨即又散去。

明明已經二十四小時以上沒睡了，惠一卻仍然沒有睏意，僅僅抱著雙膝等待時間流逝。

等到『停戰卡』的效果一結束，就是最後的決勝時刻。

剩下的敵人就只有久流魁人了。既然他都能為了獎金不惜殺了己方士兵，那麼對於金錢有著相當程度執著的他，就算是面對一對一單挑，也不可能再轉為選擇平分獎金。

沒意外的話，應該會來殺惠一。雖然不知道會用什麼手段，但在彼此都已經沒有士兵的情況，最有可能就是直接對決了。

「久流魁人……」

惠一冷冷地唸著久流魁人的名字。

即便還沒見過他的樣貌，單從至今為止的交手，就可知道他是個內心扭曲的人。

現在也早已沒有要守護的同伴，但惠一知道自己絕對不能輸給久流魁人。這也是為了曾和自己一同戰鬥的五位少女。

二月二十二日下午二十一點十五分，惠一打開了基地的大門。
他右手持著警棍，安靜地走下樓梯，由後門離開大樓，前往中央公園。
一進入公園內，馬上就看見倒臥在地的百合香屍體。原本插在上頭的武士刀早已不見蹤影。
「果然啊……」
惠一咬著拇指指甲思考。
把武士刀拿走的不是久流魁人就是琴美吧。一定是決鬥結束後，惠一要將姬子帶回基地的時候被偷拿的。
而現在琴美又已經死了，武士刀的所有者就是久流魁人。
如果真是這樣，那麼直接面對面戰鬥就很危險。即便久流魁人不會劍道，但光是揮動武士刀就能使人重傷了。
惠一不覺想起了五十鈴。如果五十鈴在的話，一定會罵自己。儘管攸關姬子的性命，也不該忘記武士刀的存在。
惠一臉上浮現自嘲的笑容，正當他準備離開公園的時候，腳卻停了下來，轉而盯向早已動也不動的百合香。烏黑的長髮飄散在地面，剛好也遮住了她的臉。
——如果當初的競標贏了，讓百合香也納入同伴的話，情況會不會有所不同？
當時，因為金幣的些微差距，百合香成為久流魁人的士兵；但相對的，她也曾有可能會是自己的同伴。琴美與紗希也是一樣。

「如果妳是我同伴的話，現在會變成怎樣呢？」
惠一朝著橫躺在地的百合香屍體問道。
當然，百合香也不可能回答他。
惠一有些落寞地笑著，隨後離開公園。走進了一間小樓房。他隨便扯下一塊顏色褪去的窗簾布，之後又回到了原處。
就在他將布蓋上百合香的同時，從老舊公廁的陰影處傳來細微聲響。
惠一迅速回頭，直直地盯著發聲處。
不久，隨著一聲長嘆，公廁裡頭出現一道人影。
一看見對方樣貌，惠一愣住了。
出現的是一名身著女僕裝的少女。
鮮明的雙眼皮襯著水汪汪的大眼睛。不知是否塗上唇膏的關係，那薄唇閃著鮮紅豔麗的光澤。烏黑的長髮分別束在左右兩側，在以黑色為基調的女僕服飾身後搖晃。少女微笑地緩慢靠近惠一。
只是右手拿著一把武士刀。
「久流魁人……」
惠一一邊向後退，一邊唸出敵方隊伍國王的名字。
現在還存活在這廢墟裡的只剩下惠一及久流魁人。這麼一來，眼前少女就一定是久流魁人，雖然外觀看起來像是個美少女，但內在確實是個男的。

「唉——本來還想說如果你沒發現的話，就能讓你死得輕鬆點的。」
魁人用著難以想像是個男性的可愛聲音說道。
「不過算了，還沒向恩人道謝就把他給殺了也不好，也許這樣剛剛好。」
「恩人？」
惠一拔出了夾在皮帶裡的警棍。
「為什麼我是你的恩人？」
「多虧了你的隊伍努力不懈，讓我的同伴都死光了，所以一億三千萬都變成我的了。」
「這是你算好的？」
「怎麼可能，我才不會下那麼危險的賭注咧。我一開始是覺得兩千萬元的獎金就好，只要趕緊把你殺了快快平分獎金，可是你卻比我想像得還要頑強。不過呢，對我來說，你倒是帶給我最棒的結果啦。」
魁人拿著武士刀前端輕敲著地面。
「只是如果你沒用『獎金減額卡』的話，我會更開心。」
「我不那麼做的話，你就不會殺了野野村琴美不是嗎？」
「說得也是。可以的話，我也是盡量避免正面對決，只要利用琴美讓我確實獲得勝利就好。不過你那作戰還真是漂亮。就算已經察覺到了你的意圖，我還是只能選擇將琴美殺了。」

「你也可以選擇不殺的。」

「你在開玩笑吧？如果我不殺她獎金就只有七千萬元，再加上分給她的話，我能拿到的就只有三千五百萬元欸。明明可以拿到一億三千萬元，我為什麼非得滿足於這樣而已？」

「你那麼需要錢嗎？」

惠一一邊注意著武士刀的動作，一邊繞到乾涸的噴水池後方。

「嗯，有了錢就可以變得比現在還美了。」

「變美？」

「對啊，我長得很漂亮。只要一上街總是會有男生來向我搭話，也曾上過雜誌，都沒有人發現我是個男的呢。」

魁人小聲地嘻嘻笑著。

「你也覺得我很美吧？有沒有覺得被我殺了會很光榮？」

「不覺得。」

「真是沒有美感的男人。還是你非得要女性的身體才行？如果是那樣的話，這次的獎金一到手，我就打算去換一個了。」

「不是因為外表，而是不喜歡你那汙穢的心。」

惠一毫不修飾話語地說。

「心嗎……那種東西本來就看不到嘛。而且你說我汙穢，那你不也一樣嗎？殺死百合香跟翔子還有紗希的是你的隊伍，琴美的死，你也有責任吧？」

「你說得沒錯，我的心也髒汙。都到了這地步，我也沒有想要否定。」

「哦？那麼你何不後悔自己也髒汙了，然後來個自殺了結怎麼樣？我可以幫你當介錯（註11）喔。」

「那可不行。我可是一定要活下來的。」

惠一以噴水池為中心，面對魁人成對角方向移動。

「是想要掙扎到最後嗎？你明明就沒有勝算了。」

「沒有勝算？」

「是啊。你能贏的方法就是破壞掉現在沒人駐守的西區末端裝置啊！假如你知道我基地在哪的話啦。」

「……」

「不回答嗎……算了，現在什麼都不重要了。在你被我發現的時候就已經確定你的死期了。」

魁人以少女般的面容微笑著，一邊跨腳踩著噴水池的邊緣。三層蕾絲的短裙微微擺，白色的過膝長襪模糊地照映在水面上。

註11　介錯：指在日本切腹儀式中為切腹自殺者斬首的人，為的是讓切腹者免除痛苦折磨的行為過程。

「差不多要來個了結了吧，惠一。」

「話說得太早了吧！」

惠一話才剛說完，便將警棍朝魁人丟去。

面對預料之外的攻擊，魁人慌忙閃頭，警棍就這麼穿過去而滾落在地，引起小片沙塵。

惠一趁機轉身逃跑。

他奮力地奔跑在東區馬路上，絲毫沒有減速地奔往十字路口，接著迅速轉往北邊。魁人跟著緊追在後。雖然惠一想要把他甩開，但魁人的腳程也很快，不禁讓他額上泛起一顆顆汗水。

惠一繞著小巷拚命地奔跑，從破掉的鐵絲網逃進了學校運動場。轉過頭可以看見魁人手持武士刀正在追逐自己的身影，臉上還帶著殘虐的笑容。

惠一一口氣橫越了運動場，又從玄關進入了校舍。隨即關上厚重的大門，然後撿起掉在地上長約三十公分的生鏽鎖鍊，纏繞大門的兩側把手，再從長褲口袋拿出掛鎖鎖上。在拔出鑰匙的瞬間，魁人整個身體朝門撞了上來，頂出一個小縫隙，但對一個人來說，要穿過還是太窄了。

「你真的很不乾脆欸，惠一。」

魁人透過模糊的玻璃，露出白牙一笑；隨後用右腳抵住門板撐出一個縫隙，奮力以武士刀向下一揮。

生鏽的鎖鍊馬上被砍飛。

惠一咬緊下唇又轉身逃跑，身後傳來魁人的笑聲。

「啊哈哈哈！我絕對不會讓你逃走的，你應該要死在這裡。」

魁人帶著狂氣的笑聲讓惠一不覺背脊一陣顫慄。他奮力爬上樓梯，一鼓作氣朝二樓走廊一直線狂奔。確認和魁人的距離後，接著爬上三樓，躲進了第一間教室。

稍微靠在牆面上，調整呼吸。

仔細聆聽，樓梯的方向傳來靴子的腳步聲。

惠一將手上的掛鎖放回褲子口袋，拿出一把摺疊小刀。他緊握著小刀等待魁人爬上三樓，但卻絲毫沒有動靜。

看起來魁人誤以為惠一跑往一樓了吧。

惠一放下手上小刀，深深呼了一氣。

魁人跟丟了自己，但還不能夠太過大意。只要他在一樓沒發現人，一定會再來三樓。趁現在往反方向逃跑也可以，但就怕對方也有可能會料到，先躲在那裡埋伏。

惠一朝口袋摸索了一下。他還有一個附有鑰匙的掛鎖以及兩根黃銅釘，武器只有右手拿的摺疊小刀。

雖然不是能和魁人正面迎擊的裝備，但如果是奇襲，用小刀就沒問題。在爭取時間上，用掛鎖或黃銅釘隨便丟應該也可以。

只要讀出魁人的想法，再反將一軍，還是會有很大的勝算。

惠一咬著拇指指甲，死命思考存活的方法。

五分鐘後，惠一躡手躡腳地走出教室。稍微窺看了一下樓梯間，並沒發現有人的身影。

他從口袋拿出一根黃銅釘，往樓梯間丟下去。尖銳的聲音響徹整間校舍。

惠一快步地轉向三樓走廊，朝反方向樓梯移動。

就在他轉彎的瞬間，有個東西朝惠一的臉飛了過來。他馬上抬起左手擋下，一把小刀就這麼插在上頭。

隨後看見站在樓梯間帶著笑意的魁人。

「果然是打算從這邊逃走呢。」

惠一疼痛地扭曲著表情，將刺在手上的小刀拔出，丟向魁人後趕緊又爬上樓梯。來到四樓後，惠一一瞬間停下了腳步。在來回確認眼前的筆直長廊與通往屋頂的樓梯之間，他最後選擇往屋頂前進。撞開厚重的金屬大門之後，惠一馬上從口袋拿出掛鎖。

就在他準備將掛鎖扣上金屬門板的瞬間，門被人彈開來撞倒了惠一。掛鎖也從惠一的手中掉落，滾到了從門後出現的魁人腳邊。

惠一迅速爬起身，跑到層層堆疊的鐵絲網後頭。

「真是可惜呢，如果扣上鎖頭就能爭取很多時間了。」

魁人一邊盯著惠一，一邊將掛鎖撿起。隨後他笑嘻嘻地把門關上，然後把掛鎖扣上金屬門板鎖上，接著取出上頭的小鑰匙，放入了自己長襪之間。

惠一的臉像被澆了冰水一樣僵硬。

「這樣子，你就沒有其他地方可逃了。」

魁人舔著自己的櫻色嘴脣，緩緩往前靠近。

「你的臉色變得很糟呢。是不是因為籠城作戰（註12）失敗，所以打算放棄了呢。」

「我只是做好了覺悟罷了。賭上命的覺悟……」

惠一一邊瞪著魁人，一邊將小刀握緊。

「你這是什麼意思？惠一。」

「籠城作戰雖然失敗了，但我還有另一個計謀的意思。」

「哦？面對手中握有武士刀的我，又在這種沒有可以逃跑的地方下，你竟然還有其他計謀啊。」

「只是不是很想做就是了。」

註12　籠城戰：為了抵禦敵人，將己方城牆故意封鎖起來，是日本古代的一種戰爭策略。

「雖然不知道你會有什麼作戰計畫啦，只希望你能在這裡跟我分出個勝負就好嘍。畢竟還有基地的事也要考量，長期戰對我來說比較不利呢。」

「你放心吧。我並不知道西區的基地在哪。」

面對惠一的發言，魁人挑了一下眉，接著用窺探的眼神凝視惠一。

「你該不會想說誠實地告訴我，再來跟我要求平分獎金吧？」

「如果我這麼說的話，你會平分獎金給我嗎？」

「嗯──惠一的臉是我喜歡的類型，我也是很想要幫你實現這個願望啦。但是……」

「你更喜歡錢對吧？」

「你說得沒錯，所以真是可惜呢。」

魁人吁出一聲長嘆，接著將武士刀擺出斜構架勢。左右搖晃著黑色短裙，緩慢地靠近惠一。

惠一也迎合魁人的動作，慢慢地向後退。被血染紅的左袖襯衫不時滴下顆顆血珠，他微張著嘴，耳邊能聽見自己的呼吸聲。

魁人的眼神十分的魅惑妖豔。

「你的呼吸好急促呢，你不是已經做好賭上性命的覺悟了嗎？」

「是啊，也只能這麼做了……吧。」

「沒錯沒錯，要死的話就乾脆點，脖子向前一伸還比較帥氣。」

「那……我要上了喔！」

惠一大喝一聲，將手中的小刀朝魁人的臉丟去。

「就猜到你會這麼做！」

魁人緊握住武士刀，隨即把射來的小刀彈飛。小刀在空中畫出一個漂亮的弧線後，掉落至滿是生鏽的鐵絲網裡。

「你的賭注失敗了呢。我早就知道你會選擇把最後的武器丟出去。之前在公園，惠一也對我丟過警棍了。」

「你錯了，賭注現在才要開始。」

惠一隨即背對魁人朝另一頭起跑。他大力地擺動雙手，一直線地奔往屋頂方向。

已經，沒有什麼好怕了。在這瞬間，什麼都別想就好。只要，用盡全力……

就在惠一左腳踏上屋頂邊緣的同時，右腳也高高抬起。

惠一飛了起來。

第一次在靜止的廢墟街道上，他感覺到了風。滯留在空中大概有一秒左右，惠一卻覺得有永遠那般久。隨後，他的兩腳接觸到隔壁大樓的前端，就這樣失去重心地橫倒在地。

惠一忍著極度疼痛，緩慢爬起身。

他轉向學校屋頂，魁人正一臉驚愕地看著自己。

「那就是你的賭注嗎？」

「嗯，如果是六公尺的距離，我想我應該跳得過去。別看我這樣，我的跳遠可是班上第三名呢。」

「原來如此啊。」

魁人從學校屋頂邊緣，向下俯視地讚嘆著。

「這的確是要賭命的作戰呢，又不是在學校的沙坑裡跳遠。」

「你也要試試看嗎？不過如果跳遠紀錄低於六公尺就絕對到不了喔。」

「我才不要。早就不記得自己的紀錄是多少了，而且我可不敢在這種地方跳遠呢。」

「也是。」

惠一平靜地答道。

「那我先走了喔。」

「惠一，我可不會再被你用相同方式騙了，沒有下次了唷。」

面對魁人說的話，惠一僅僅露出哀傷的表情。接著按住受傷的左手不發一語地移動步伐。走到斑駁的金屬大門前，拉開大門，走下樓梯。

第九章

Nobody stopped and being

魁人緊咬住下唇，盯著隔壁大樓屋頂。

本來都確信自己絕對可以贏了，都已經把惠一逼到無路可逃，殺了他就好。只要他一死遊戲就會結束，一億三千萬元的獎金也能到手。

可是魁人卻讓這大好機會給跑了。

他咬牙切齒地發出聲響。

——這麼一來，又要在廢墟街道重新找尋惠一。一對一的戰鬥絕對是手持武士刀的自己有利，但如果被惠一找到了『傭兵卡』那可就麻煩了。所以他必須盡早追上惠一才行。

魁人小跑步來到門前。從長襪裡取出小鑰匙插進掛鎖，卻發現無法轉動鑰匙。往反方向試著施力也同樣沒有反應。

魁人的表情一變。左手拿起掛鎖，右手用力地不停左右嘗試。但是不管他怎麼用力，鎖頭就是毫無動靜。

「不是這把鑰匙？」

他啞著聲音喃喃道，便將鑰匙抽了出來。

小小的銀色鑰匙上，布滿不規則的斷面紋路。這鑰匙確實可以插進掛鎖，但卻無法轉動，鎖頭的鉤也打不開。

「啊……」

魁人想起了在學校玄關處，惠一用過相同的鎖頭。那時候惠一是把鑰匙拔出才逃跑的。他應該是把那時候的鑰匙插在這顆鎖頭上了吧。

久流魁人將手中鑰匙丟了出去。

——他竟然就這麼傻傻地中了那傢伙的圈套。

惠一一開始就打算如果能順利鎖上鎖頭，就將這棟大樓做為籠城，再從中找出機會逃跑吧。但是後來他發現來不及的時候，就故意將鎖頭丟到自己的腳邊，期待著不想讓他有逃跑機會的自己，會去門旁鎖上鎖頭。

結果，魁人也還真的上當了，現在就被關在這屋頂之上。

而從隔壁大樓逃出的惠一就能好好利用這段時間，安全無虞地去尋找重要的卡片或是西區的基地。

只要魁人花在逃脫屋頂的時間越長，對惠一就越有利。

——即使一刻都好，他必須快點離開屋頂！

就在魁人還在找尋是否有其他方法能打開掛鎖時，上空傳來一聲毫無抑揚頓挫的女性聲音。

『現在，東區的基地使用了〈停戰卡〉，請各位參賽者停止一切戰鬥及探索，並於一小時內返回基地。之後的十二小時禁止外出。此外，若於一小時內未返基地的參賽者將會被處刑，請各位多加注意。』

魁人的臉一瞬失去了血色。

兩腳開始打起顫來，背脊也滲滿汗水。

「一小時以內……」

他張開泛青的嘴脣自言自語，接著巡視周圍。

學校的周邊雖然建了好幾棟大樓，但是離他最近的就是剛才惠一跳的那一棟，距離有六公尺以上遠。

魁人拿起武士刀，朝掛鎖奮力一擊。

金屬聲隨即響起，鎖頭也劇烈地搖晃，但僅有表面出現一些傷痕，並沒有如願被破壞掉。接著魁人把目標轉向金屬門板，卻也只有凹進去而已，反倒是武士刀還被打鈍了。

「混蛋！死便宜貨！」

魁人丟下刀子，跑到滿是生鏽的鐵絲網堆旁，確認底下墊著的藍色塑膠套。

——如果能用這個做出繩索的話……

魁人把剪裁成四方型的鐵絲網一個個拉出丟到旁邊。

——假如無法在一個小時內清光鐵絲網並將塑膠套拿到手的話，自己就會死掉。

魁人發出一聲猶如猛獸般的怒吼，雙手抓住沉重的鐵絲網，不停地扭著身體將它們一片接著一片拋出去。

但是儘管如此，眼前的鐵絲網小山卻完全沒有減少的樣子。

汗水從魁人的額上不停滑落，急促苦痛的呼吸聲也一直不停迴盪。

他不知何時受了傷，血從雙手間流出，手掌上也滿是生鏽的髒褐色。

就在堆疊成山的鐵絲網好不容易只剩一半的時候，上空處又傳來女性的聲音。

『還有十分鐘緩衝時間即將終了，請各位在十分鐘內趕緊回至基地。』

魁人發出尖銳的悲鳴。

他不可能在十分鐘內拿到塑膠套。再加上還要回到基地的時間，為了生存，他只能馬上逃脫屋頂才行。

魁人撿起日本刀，朝屋頂的邊緣跑去。

他先將刀子丟到惠一跳到的大樓屋頂上，接著為了助跑，向後退了一大段距離。

「飛越吧！既然那傢伙能飛越這大樓，那我怎麼可能不行！」

魁人緊緊握住雙手拳頭。

「飛給你看！飛給你看！飛給你看！我就飛給你看！」

魁人一邊喊叫著一邊全力衝刺。

黑色的女僕裝飄揚在空中，束在左右兩旁的雙馬尾也散開來。

就在他的左腳踩上屋頂邊緣的瞬間，魁人的腦中湧上恐懼感。瞬間的猶豫讓左腳的力量分散。

魁人撞上大樓側邊，發出了巨大聲響。他拚命伸出右手想要拉住屋頂牆垣，但是卻撐不住身體重量，直直地往路面落下。

剎那間，一股激烈的疼痛感讓魁人停止了呼吸。他緊咬著牙齒轉動視線，發現自己右腳彎向不可能的方向。魁人發出痛苦的呻吟，勉強站起身。

也許肋骨斷掉了吧，他能感覺胸口也在發疼，但現在可沒時間在意這種事。

魁人拖著右腳，開始往前進。

每踏出一步，疼痛感就會蔓延至全身，可是儘管如此，魁人還是無法休息只能不停地繼續走。

就在穿越中央公園進入西區時，魁人停下了腳步。

他死命地想要再往前，然而左腳卻完全不動。

魁人轉向設置在正面大樓上的攝影機方向，痛苦地扭曲著表情。

「救……救我，我還不想死。」

他的水汪汪大眼泛滿眼淚。

「我什麼都願意做……我會讓遊戲再更有趣的。這不是你們所期望的嗎？」

魁一的問題，並沒有任何人回答他。

只有攝影機的鏡頭持續地照著他的身影。

彷彿漆黑的瞳孔期待著什麼東西而微微地轉動著。

「啊啊啊啊啊啊啊啊啊啊！」

隨著一陣悲鳴，從魁人的金色項圈縫隙裡噴出大量血液。

女僕裝的白色部分瞬間被鮮血染紅，到最後，聲音漸漸轉小。

魁人的身體向後倒下。美少女的容顏不再帶有任何血色，慘白得猶如人形模特兒一般。

「為……為什麼……」

原本還很激昂鼓動的胸脯也逐漸趨於和緩，最後停止了下來。

『現在，西區的國王確認死亡。因此，此次13遊戲的勝利者為東區的隊伍。在遊戲大師尚未出現指示前，還請各位生還者暫時待在原地稍作等待。』

惠一沉默地聽著由末端裝置傳來的聲音。

望向螢幕，上頭久流魁人的文字已經變成了灰色。

惠一再把視線轉向有著他重要同伴們照片的地方，他伸出手一個一個輕撫著。

速水沙織……楓姬子……鳴海五十鈴……北条春香……星野翼……

少女們的笑容，模糊地浮現在眼前。

他的雙眼隨即溢出眼淚，忍不住嗚咽起來。

就在被水泥牆圍繞的基地裡，惠一一人不停地放聲大哭著。

終章

三月十五日，二十一點五十分。惠一獨自走在池袋的街頭上。還算殘冬的平日晚上，周遭依舊充滿著人群，四周的建築物也被燈光包圍著。

惠一呼出白色氣息，漫無目的移動腳步。

三個禮拜前，遊戲一結束，惠一就被人遮住眼睛送上車。

經過了幾個小時的車程，惠一來到了新宿車站前，對方將惠一的波士頓包還給他後就強制他下車。

包包裡除了惠一的私人物品外，還有四千萬元的現金。

惠一就這麼直接走進車站前的網咖，在裡頭睡上了兩天。

第三天早上在家庭餐廳用完餐以後，便前往不動產仲介公司，預先支付了一年份的租金，租下了一房的公寓。

附有衛浴的六張榻榻米大的房間，對惠一一個人住而言，已經非常足夠。

與仲介公司取得鑰匙之後，惠一便馬上前往簽好約的公寓，直接在房間裡睡成一灘爛泥。

他已經不必再警戒會有人來突襲。

也不必再擔心錢的問題了。

惠一打算將錢送給沙織家五百萬元，以及五十鈴家兩千萬元，並各自以她們的名義匯出。但儘管如此，他還是有一千五百萬元。等到自己十八歲後，工作也會變得比較好找，假使找工作需要花點時間，有了這些錢他也不用太過擔心。

惠一的思考，被前方狹窄道路傳來的聲音打斷。他移動視線，看見前面有三名年輕男子正包圍一名少女。少女身著茶色大衣，手提著一個大包包。

傳來的聲音是少女跟那群男子的對話。

「……請你們住手！我對那方面並沒有興趣。」

「不要那麼冷淡嘛。只是稍微一起玩一下啊。不管喝酒還是吃飯都是我請客唷。」

「對啊～妳應該沒有錢吧？那麼就交給我們嘛！」

「去我認識的前輩那裡還有個人包廂，我們可以好好的慢慢聊唷。如果怕太晚就直接住下也行，前輩也一定會很高興的啦。」

一群人厚顏無恥的笑聲傳遍整個小巷。

「反正我說就交給我們啦。」

其中一名男子抓住了少女的手，讓少女臉上浮現害怕的神情。

「不、不要！」

少女將他的手甩開，正打算逃跑，就被身後的男子一把抱住。

「喂喂，就叫妳不要逃了，我只是跟妳玩一下嘛。」

惠一看見少女因為恐懼而害怕的表情，隨即踏出一步跟著走進小巷。

「我勸你還是不要這麼做。」

惠一說的話讓一群人轉過身來。正抱著少女的那名男子，眼光銳利地瞪著他。

「搞什麼啊你？你認識她嗎？」

「不認識，僅是初次見面。」

「既然這樣，就不關你的事吧？」

男子放開了少女走向惠一。他的身高大約有一百八十公分以上，肩膀也比惠一還要寬闊。

不知道對方是否有練空手道，一雙手上頭都布滿繭。

看見惠一單薄的身軀，男子勾起嘴角一笑。

「我說少年啊。我知道在女生面前都想當英雄的，但可別太逞強啊。」

「逞強？」

「是啊。我們這裡有三人，你卻只有一人。而且我還有練空手道。」

男子故意在惠一面前將手握成拳頭狀。

身後也傳來調侃的聲音。

「喂喂，不要鬧了。你之前不是才把那上班族老頭打到半死不活的不是嗎？」

「我知道啦。這傢伙看起來也只是個高中生，我會放水的啦。」

男子一邊笑著一邊將手搭在惠一的肩上。

「我了解你還在思春的全盛期，你是不是想著如果在這裡救了這個女生，也許之後可以跟她成為戀人對吧？」

「不，並沒有。因為我已經有五個戀人了。」

「蛤？五個？」

「嗯。大家都很有各自的魅力，沒辦法抉擇任何一位。」

惠一想起了與他一起作戰的五位少女，不覺微笑。

男子挑起粗厚的眉毛。

「你可不要給我太跩喔。是想被我幹掉嗎？」

「……殺掉……嗎？」

「沒錯啊。只要有練空手道的我一認真起來，花一分鐘就能將你殺了。」

「如果被殺的話我會很困擾的，我已經不想再自相殘殺了。」

「已經？你在說什麼啊……」

男子的話語在看到惠一的眼神之後停頓了下來。

惠一也不顧被男子抓起的領子，就這麼靜靜地盯著他。惠一的眼睛就像是被月亮照映的湖面般，平穩地閃耀著。在那雙眼睛裡，絲毫感覺不出有任何面對男子的恐懼與動搖感。

男子彷彿是被迷惑了一般，一直盯著惠一的眼睛。不久後，才從半開的嘴巴裡吐出聲音。

「你……該不會把人給……」

「嗯？怎麼了嗎？」

「……不、沒事。」

男子鬆開抓著惠一的手，連忙拭去額頭上冒出的冷汗。
「……走了。」
另外兩人一臉驚訝，隨即跟上前去。
「欸、你怎麼了啊？」
「夠了別說了，不要跟那傢伙扯上關係。」
「但、但是你……」
一群人邊走邊消失在巷子轉角。
直到看不見他們的身影，惠一才轉向自己的公寓方向準備離去。
身後的少女追了上來。
「謝、謝謝。」
「不用道謝，我並沒有做什麼事。」
「為什麼那群人會放過我們呢？」
「……我也不知道。」
惠一瞥了一眼少女手提的大包包。
「妳該不會是離家出走吧？」
面對惠一的質問，少女微微地點了頭。
「今天只是第一天……」
「妳還是回家比較好，妳也不想再遇到這樣恐怖的事了吧。」

「……可是……」

「如果妳想要回去的話，我可以送妳到車站，這對妳來說，也是比較好的選擇。」

「好的選擇？」

「嗯，至少這選擇不會讓妳死亡。」

「說什麼死亡……」

看見惠一認真的眼神後，原本還半開玩笑的少女隨即僵住了表情。

目送少女回去後，惠一便步出車站。

不知何時開始外面下起了雪。在一群急忙穿越的人群中，只有惠一一人發著呆，看著漫天飛舞的雪片。

紅色的黃色的還有粉紅色的燈光，重疊在如同棉絮的雪花上頭，營造出幻想氛圍的光景。

惠一望著逐漸變白的世界，看起來永遠都是那麼的耀眼。

逆思流

輸不起 ~13 GAME~

（原名：13ゲーム —そして、僕たちは殺しあった—）

作者／日高由香　內頁插畫／どぶねずみ　譯者／UⅡ
發行人／黃鎮隆　副總經理／陳君平
副理／洪琇菁　國際版權／黃令歡
執行編輯／呂尚燁　美術主編／李政儀
企劃宣傳／邱小祐
發行／英屬蓋曼群島商家庭傳媒股份有限公司城邦分公司　尖端出版
台北市中山區民生東路二段一四一號十樓
電話：（〇二）二五〇〇—七六〇〇（代表號）
傳真：（〇二）二五〇〇—一九七九
中彰投以北經銷（含宜花東）／楨彥有限公司
電話：（〇二）八九一九—三三六九
傳真：（〇二）八九一四—五五二四
雲嘉經銷／威信圖書有限公司　嘉義公司
電話：（〇五）二三三—三八五二
傳真：（〇五）二三三—三八六三
客服專線：〇八〇〇—〇二八—〇二八
南部經銷／威信圖書有限公司　高雄公司
電話：（〇七）三七三—〇〇七九
傳真：（〇七）三七三—〇〇八七
香港總經銷／城邦（香港）出版集團有限公司
香港灣仔駱克道193號東超商業中心1樓
電話：（八五二）二五〇八—六二三一
傳真：（八五二）二五七八—九三三七
E-mail：hkcite@biznetvigator.com
馬新經銷／城邦（馬新）出版集團　Cite(M)Sdn.Bhd.
E-mail：Cite@cite.com.my
法律顧問／王子文律師　元禾法律事務所
台北市羅斯福路三段三十七號十五樓
二〇二一年三月二版一刷

■中文版■

郵購注意事項：
1. 填妥劃撥單資料：帳號：50003021戶名：英屬蓋曼群島商家庭傳媒(股)公司城邦分公司。2. 通信欄內註明訂購書名與冊數。3. 劃撥金額低於500元，請加附掛號郵資50元。如劃撥日起 10～14日，仍未收到書時，請洽劃撥組。劃撥專線TEL：(03) 312-4212 ・ FAX：(03) 322-4621。E-mail：marketing@spp.com.tw

國家圖書館出版品預行編目資料

輸不起 ：13 GAME / 日高由香 著 ；UII譯 . --初版.
--臺北市：尖端出版，2021.03
面 ； 公分. --(逆斯流)
譯自：13ゲーム ～そして、僕たちは殺しあった～
ISBN 978-957-10-9376-5(平裝)

861.57　　110000067